MARIA ADELAIDE AMARAL

Luísa
(quase uma história de amor)

romance

© 2023 by Editora Instante
© 2023 by Maria Adelaide Amaral

Todos os direitos reservados. Proibida a reprodução total ou parcial sem a autorização prévia dos editores.

Direção Editorial: **Silvio Testa**

Coordenação Editorial: **Carla Fortino**
Revisão: **Fabiana Medina** e **Laila Guilherme**
Capa: **Fabiana Yoshikawa**
Ilustrações: **Karina Freitas**
Diagramação: **Estúdio Dito e Feito**

1ª Edição: 2023

Dados Internacionais de Catalogação na Publicação (CIP)
(Angélica Ilacqua CRB-8/7057)

> Amaral, Maria Adelaide
> Luísa (quase uma história de amor) : romance / Maria Adelaide Amaral. — 1ª ed. — São Paulo : Editora Instante, 2023.
>
> ISBN 978-65-87342-37-5
>
> 1. Ficção brasileira I. Título
>
> 23-0837
>
> CDD B869.3
> CDU 82-3(82)

Índices para catálogo sistemático:
1. Ficção brasileira

Direitos de edição em língua portuguesa exclusivos para o Brasil adquiridos por Editora Instante Ltda. Proibida a venda em Portugal, Angola, Moçambique, Macau, São Tomé e Príncipe, Cabo Verde e Guiné-Bissau.

Texto fixado conforme o Acordo Ortográfico da Língua Portuguesa de 1990, em vigor no Brasil a partir de 2009.

www.editorainstante.com.br
facebook.com/editorainstante
instagram.com/editorainstante

Luísa (quase uma história de amor) é uma publicação da Editora Instante.

Este livro foi composto com as fontes Arnhem e Shows Gracious e impresso sobre papel Pólen Natural 80g/m² em Edições Loyola.

Sumário

Carta aos jovens e
não tão jovens leitores   4

Anotações para
(des)compreender Luísa:
quase uma apresentação   6

    I. Raul   11
   II. Rogério   37
  III. Sérgio   80
  IV. Marga   102
   V. Mário   141
  VI. Palavras ao vento   167
 VII. Carnê de baile   171
VIII. Laços de ternura   180
  IX. Noite e dia   191

Sobre a autora   207

Sobre a concepção da capa   208

Carta aos jovens e não tão jovens leitores

Maria Adelaide Amaral

Na década de 1970 se escrevia muito, e se escrevia à máquina. Não havia celulares, notebooks, aplicativos de encontro ou redes sociais. O telefone era o principal meio de comunicação interpessoal, seguido de cartas, bilhetes e, em caráter de urgência, telegramas. O martelar das teclas era o fundo musical das redações de revistas e jornais, imersas em espessas nuvens de fumaça. Quase toda gente fumava nessa época, inclusive eu. Nesse cenário e nesse tempo comecei a escrever *Luísa (quase uma história de amor)*. Os personagens do livro pertencem à geração que viveu o golpe militar, a instauração da ditadura, em 1964, e, em dezembro de 1968, do Ato Institucional nº 5, que endureceu ainda mais o regime; a maioria deles participou ou apoiou de várias maneiras a luta clandestina. Nessa época, algumas palavras ganharam novas acepções: "ponto" era o local de encontro, e "aparelho" designava o domicílio quase sempre provisório dos que lutavam contra a ditadura; "cair" era ser descoberto, e "dançar" significava ter sido capturado pelos órgãos de repressão. Sérgio foi preso, e Marga viveu a experiência do exílio. Com mais ou menos cicatrizes, os personagens sobreviveram aos anos de chumbo, que também foram chamados de anos de desbunde.

No píer em Ipanema a palavra de ordem era "sexo, drogas e *rock-and-roll*". Era o tempo de Tim Maia e Raul Seixas, e a praia constituía o cenário perfeito para revolucionar o comportamento dos jovens e criar novos códigos de conduta.

São Paulo não tinha praia, mas se entregou ao desbunde: homossexuais saíram do armário e, pela primeira vez, ganharam representação na imprensa. Celso Curi, que inspirou o personagem Raul, escrevia a "Coluna do Meio", no jornal *Última Hora*, e se tornou dono do Espaço Off, mistura de bar, teatro e boate frequentado por gays e não gays. Antes dele, a boate Medieval tinha feito história na rua Augusta. Era a época das discotecas: "Solte suas feras" e "Caia na gandaia!", cantavam As Frenéticas na novela *Dancing Days*. Mas a década de 1970 foi, na realidade, a era de ouro da música romântica brasileira. As canções de Chico Buarque, Gonzaguinha, Luiz Melodia e Roberto Carlos, que embalaram grandes histórias de amor e dolorosos rompimentos, são a trilha sonora de *Luísa*. Música, paixão, política, desencanto e desencontro: é disso que trata o romance. E, em outras palavras, trata também de sentimentos e experiências comuns a cada geração: muda o pano de fundo, mudam os hábitos e os costumes, mas, a despeito da tecnologia avançada e de novas circunstâncias históricas, o ser humano parece continuar sendo movido pelas mesmas inquietações.

Comecei a escrever *Luísa* em 1979, ano glorioso do início da abertura política, do abrandamento da censura e da volta dos exilados. Elis Regina cantava *O bêbado e a equilibrista*, e todos se entregavam à esperança de dias melhores. Em 1984, transformei o terceiro capítulo do livro em peça de teatro, *De braços abertos*, e, ao ver o resultado no palco, decidi terminar o romance, que foi finalmente publicado em 1986. Naquele ano, o presidente José Sarney lançou uma nova moeda, o Cruzado, e um plano econômico catastrófico, e a nossa esperança de dias melhores desmoronou. Mas, como disse o dramaturgo Paulo Pontes, a profissão do brasileiro é a esperança, e, assim, ela continuou sendo renovada ao longo das décadas que vieram depois.

Anotações para (des)compreender Luísa: quase uma apresentação

Caio Fernando Abreu

1

O que seria uma *verdadeira* história de amor? Quem sabe uma história em que os fatos reais de alguma forma pudessem ser mais intensos, profundos e apaixonantes do que tudo aquilo que acontece na imaginação, paralelamente à realidade? Nesta história de Maria Adelaide Amaral, a realidade nunca supera a imaginação — e justamente por isso ela é quase uma história de amor. Encharcadas de ficções, suas personagens vivem o que acontece tão completamente quanto possível, mas vivem mais — e mais completamente ainda, com mais entrega — num outro espaço impossível. Esse em que se movimentam artistas, jornalistas, intelectuais ou quaisquer outras pessoas assim como eles — encharcados de ficções — e onde seriam possíveis os grandes gestos românticos que soariam ridículos no plano real.

O quase amor entre Luísa e Sérgio começa numa correspondência de amigo-secreto, em que ambos se intitulam Zelda e Scott Fitzgerald. E termina quando Luísa pinta Sérgio com o Farol de Alexandria por trás, numa referência a *Quarteto de Alexandria*, de Lawrence Durrell, que atravessa obsessivamente toda a narrativa, e o caso entre os dois. Num mundo de ficção, vivendo mais a expectativa e a fantasia do grande amor, Luísa pode tanto submeter o marido a um passeio pelos lugares onde Proust teria escrito *No caminho de Swann* como anotar, feito qualquer adolescente suburbana, versos de Roberto Carlos nas páginas de sua agenda. E é então que a poesia fácil se mistura a anotações cotidianas, receitas de cozinha, lembretes para ir ao dentista ou ao pediatra enquanto a verdadeira vida e o verdadeiro amor (mas o que seriam, afinal?) se encaminham para a última nota: "Abundantemente breu, abundantemente fel".

Abundantemente amarga pode ser a vida, quando corre o risco de — mais do que enriquecida — ser devorada pela ficção. E nunca termina com Paulette Goddard e Carlitos de mãos dadas, numa estrada sem fim.

2

Mais doloroso ainda é que as personagens de Maria Adelaide Amaral não têm culpa de sua incapacidade para lidar com os fatos. Essa incapacidade foi imposta de fora para dentro, por um regime político. A história se passa num país definido — o Brasil e, dentro dele, a cidade de São Paulo — e durante um tempo definido — os anos 1960-1970, que empurraram os sonhadores para os extremos de suas ilusões.

O real tornado insuportável pela repressão obrigou a todos a uma radicalização nos mecanismos para tirar da vida um mínimo de grandeza (ou ilusão de), fundamental à sobrevivência. É assim que Raul parte decidido para o paraíso artificial das drogas ou do sexo, enquanto Paulo e Marga vão viver a clandestinidade política no exílio. Numa revista provavelmente medíocre, outros se apoiam no trabalho insano (Rogério é capaz de passar três dias na redação, durante uma greve) para manter acesa a mesma ilusão de grandeza.

Será que conseguem? E nós, conseguimos?

3

Para contar esta história, Maria Adelaide utiliza um recurso que pode não ser novo — mas torna-se renovado pela precisão, pelo rigor e pelo vigor com que é utilizado aqui. *Luísa* é o perfil de uma personagem ausente. Ou cinco tentativas de perfis. A autora omite a própria Luísa: sua face vai-se (in)definindo

cada vez mais por meio das visões de Raul, o amigo homossexual; de Rogério, o apaixonado fetichista, guardando em caixas os rastros da pessoa amada; de Sérgio, o ex-amante; de Marga, a amiga militante e solidária, e de Mário, o ex-marido. Em cada uma dessas cinco visões, Luísa aparece tão diversa quanto diversos são os olhos que a veem. Ela tanto pode ser uma artista excêntrica (para Raul) como uma deusa inatingível (para Rogério); tanto uma possibilidade de amor — a maior da vida, pelo menos antes que tudo começasse a ficar tão triste entre eles (para Sérgio) — como uma mulher frágil, alienada e um tanto cruel (para Marga). Ou até mesmo — na visão final, e mais dura (de Mário) — apenas "uma senhora de meia-idade, com vincos profundos na testa e nos cantos da boca, dentes amarelados pela nicotina, vestida com uma extravagância pouco adequada à sua idade".
Qual seria, afinal, a verdade? E a realidade? Ninguém sabe — nem as personagens, nem o autor. Nem o leitor saberá. Como na vida, também: até o fim, não se sabe.

4

A essa técnica fragmentada, onde uma informação lançada aparentemente ao acaso se completa mais adiante, ou não se completa nunca, Maria Adelaide acrescenta aos cinco depoimentos mais quatro breves capítulos. Como uma espécie de anexos às tentativas (inúteis?) de delinear Luísa.

Esses anexos podem incluir bilhetes sofisticados e de sabor decadente, trocados entre os participantes daquele jogo de amigo-secreto (um dos quais, em mais uma referência ficcional, assina como "Marcel Francis", uma dupla homenagem), ou aquelas anotações de Luísa. Esses anexos também têm títulos que remetem a filmes ou livros que encharcam a cabeça das personagens: *Palavras ao vento*, *Carnê de baile* ou *Essa valsa é minha* (*Save me the Waltz*) (título do único romance escrito por Zelda Fitzgerald), *Laços de ternura* e *Noite e dia* (título de um dos primeiros romances de Virginia Woolf). Dos inúmeros fragmentos (des)costurados das inúmeras faces de Luísa, o único em que ela ganha voz pessoal, direta, é o das páginas de sua agenda. E é então que o anticlímax se fecha. Na agenda, o espaço reservado ao grande amor é o mesmo do de uma receita de molho ou qualquer outra banalidade cotidiana.

5

Maria Adelaide Amaral vem de muitos anos de trabalho jornalístico, de muitos prêmios como autora teatral. Vem de uma peça extremamente bem-sucedida em termos de crítica e de público — *De braços abertos*, extraída exatamente desta novela (que começou a ser escrita em 1979).

Do jornalismo, ela trouxe a vivência do texto enxuto, rápido, capaz de sintetizar em meia dúzia de palavras e um mínimo de adjetivos o que, para outros autores, seria difícil de dizer em várias páginas. Do teatro, guardou o diálogo vivo, nervoso, ágil, essencial. Mas *Luísa (quase uma história de amor)* não é jornalístico nem teatral: é literário na maneira como surpreende o por-trás-da-vida de um jeito que nem o texto jornalístico nem o teatral, com suas inevitáveis objetividades e explicitudes, seriam capazes de expressar. Mais literário ainda pelo que deixa em suspenso: buracos, ausências, incompletudes que só o leitor poderia completar. E para isso será necessário trafegar pelo labirinto de *flashbacks* da narrativa, para quem sabe então criar na mente uma outra e nova Luísa.

Além das muitas e muitas Luísas que o texto propõe.

6

E esta é outra (grande) qualidade desta história: ela propõe, jamais impõe. Maria Adelaide não julga ninguém. Inocentes (in)úteis, doces canalhas, burgueses atormentados, românticos incuráveis — suas personagens têm dose de vida própria suficiente para pairar sobre o julgamento da autora. Autossuficientes, movimentam-se pelo texto, às vezes pateticamente, como vítimas da sociedade ou de seus próprios (auto)enganos — mas sempre como seres extremamente parecidos com tantos outros que conhecemos quando olhamos ao nosso redor. Ou, um pouco mais cruelmente, quando defrontamos com nossa própria face, exausta de sonhos irrealizados, no espelho nosso de cada dia. Quem não tem um?

7

Porque aqui também — como na nossa vida, ou como na de Raul, Rogério, Sérgio, Marga, Mário e Luísa, ou como na música que Elis cantava, sobre uma relação infeliz — foram discos demais, livros demais, filmes demais. Enquanto a vida, essa senhora esquiva, fugia tão rápido que somente a ficção, seu simulacro, seria capaz de quase conseguir apreendê-la.

Maria Adelaide Amaral consegue.

Caio Fernando Abreu (1948-1996) foi um escritor gaúcho que rompeu com os padrões literários dos anos 1970, 1980 e 1990. Autor de uma obra confessional, *pop, queer* e *underground*, era fascinado pelo tema da individualidade, além de um genial frasista. Sua obra ganhou forma em contos, novelas, peças, poemas, romances e em uma vasta produção epistolar e foi publicada em diversos idiomas, como inglês, francês, espanhol, alemão e holandês.

I
Raul

A
Caio Fernando Abreu
Celso Curi
Edwin Luisi

"Falar no passado — isso deve ser belo,
porque é inútil e faz tanta pena..."
Fernando Pessoa
O marinheiro

Estou na exposição mais recente de Luísa. Sob o tema "Reencontros", fomos todos representados. Distingo Marga de cabelos revoltos, identifico Sérgio num beco de Alexandria, reconheço Rogério entre os frequentadores de um *bas-fond* e Paulo estendido na grama do Estádio Nacional.

— E Mário? — pergunto a Luísa.

— Ele vai figurar numa mostra exclusiva.

Luísa sorri e caminha em direção a um grupo de amigos. Ela é uma artista plástica de sucesso. Seus trabalhos são bem cotados no mercado, e o crítico amigo acaba de referir-se a eles como "instigantes".

A maioria das telas desta exposição já foi vendida, exceto as que nos dizem respeito. Nós fazemos parte da coleção particular de Luísa.

Marga passa por mim e pergunto de Mário. Ela encolhe os ombros e me pede um cigarro. Em seguida, observa que odeia a fauna dos *vernissages*. Veio por causa de Luísa. Nem podia ser de outra forma.

Flashback

Na festa em casa do crítico amigo estão presentes os amigos de Marga de diferentes épocas. Ela foi a musa da Biblioteca Municipal em 1960. Há poetas, ex-poetas, publicitários, contistas, alguns artistas plásticos (ênfase nos primitivistas), músicos de fim de semana, jornalistas importantes e obscuros, feministas, donas de casa, ex-comunistas, ex-trotskistas, egressos recentes de Tiradentes e Ilha Grande.

Estou deprimido nesta festa de Marga, que retorna do exílio. À minha maneira, também estou retornando do exílio. Mas, ao contrário de Marga, não queria voltar.

Marga passa por mim e sorri. "Como foi?"

Os deuses tinham razão em eleger a Grécia para nascer.

"Superparadise!"

Ela só conheceu Atenas e o Peloponeso. Não foi às ilhas por falta de dinheiro.

— Do que você vivia em Mikonos?

— De amor.

Mas um dia, ao acordar, ele estava morto. No banheiro, um vidro de pílulas vazio e um bilhete sucinto: "Sem ressentimentos".

— Você podia ter ido para Rodes.

Ele já tinha decidido por mim. "Sem ressentimentos."

— E Luísa? — pergunto.

Marga aponta a porta. Luísa acaba de entrar. Atrás dela, um belo homem.

Luísa vem ao meu encontro de braços abertos, e choramos de emoção. O belo homem fica impassível.

— Este é Mário, meu marido.

Passamos a noite no terraço conversando sobre tudo. Mário, presente, apenas bebe e escuta.

— Ele não é a cara do Oscar Wilde? — pergunta Luísa, referindo-se a mim.

— Não imagino como era a cara do Oscar Wilde — responde Mário.

— Mário só gosta de Arthur Hailey.

E ele corrige. Gosta de autores policiais. Apesar de tudo, ainda me parece muito belo. Luísa percebe meu interesse e sorri com malícia. Ela está absolutamente segura de seu homem. Ele nem tanto, mas mantém a compostura. Tenho um fraco por pessoas educadas.

Na semana seguinte, preso, ligo chorando para Luísa. Acusam-me de toxicômano, talvez traficante. O escrivão está tocado com as minhas lágrimas.

— Não fique assim.

— Eu sou muito emotivo.

E ele me estende um lenço de papel.

O investigador tomara de mim o pó, dizendo que não era de boa qualidade. Gentilmente, ofereceu-me seus serviços. Seu produto era fino, sem misturas. O meu tinha muito talco. "Prejudica os pulmões." Ele estava disposto a zelar pela minha saúde.

Como era de esperar, Luísa providenciou tudo: o advogado, o psiquiatra para provar minha dependência, as testemunhas que atestam meu bom comportamento. Tenho amigos e choro. O juiz se comove porque eu choro. Faz dois meses que ele veio transferido de Itápolis. É novo neste fórum e se enternece comigo, filho único de mãe viúva, arrimo de família e desempregado.

Luísa, minha testemunha, entra composta e diz me conhecer há muito tempo.

— Ele frequenta a sua casa? — pergunta-lhe o juiz.

— Ele é padrinho da minha filha — responde Luísa, muito séria.

Afundo o rosto no lenço para não rir.

A absolvição é comemorada com uma festa.

— • —

Luísa me convida para dançar. É uma valsa, e nós rodamos. Luísa gosta de dançar comigo. Eu gosto de bolero e de valsa e de todas as coisas de que ela gosta. É bom dançar com ela nesta casa. É bom estar perto deste homem que nos observa girando e girando. Mário não valsa. Mário gosta de Miles Davis. Luísa parou em Charlie Parker.

Paro de girar e convido Luísa para uma cafungada. Que Mário não perceba. Tranco-me no escritório e cafungo pensando em Mário. Luísa fica no uísque.

Luísa sempre ficou no uísque. Estou desempregado, sem perspectivas, e peço-lhe um emprego na revista. Luísa diz que vai fazer o que puder. Eu sei que não é fácil depois do processo e de tantos anos fora de circulação. Mas Luísa pode. Tem Rogério a seus pés. Rogério é uma espécie de editor responsável.

Volto à sala amparado pela amizade de Luísa, falo sua língua, nos entendemos. Marga amarga ciúme. Mário também.

O crítico amigo pergunta sobre o meu próximo livro e tece considerações elogiosas sobre o anterior.

— Não vendeu nada.

— Poesia vende mal, porém isso não é razão para você parar de escrever.

Nesta festa eu gostaria de ser um best-seller *e não estar desempregado. Procuro Luísa, mas ela dança com Mário. Marga fala de sindicalismo. Quero um uísque. O gelo acabou.*

Estou na mais recente exposição de Luísa. Mariana conversa comigo. Ela tem dezesseis anos e é a imagem de Luísa ao tempo em que a conheci. Mariana está achando tudo muito chato: as pessoas e o lugar. Preferia ter ficado em casa de Mário, assistindo à televisão. O sotaque trai o domicílio no Rio de Janeiro.

— Seu pai não vem? — pergunto.

— Eles tinham um compromisso.

"Eles" são Mário e a nova mulher.

— Diga que mandei um abraço.

— O que você sabe das ligações de mamãe com o terrorismo?

A pergunta me surpreende, e eu mudo de assunto.
— Sei das ligações de sua mãe com o Decadentismo, serve?
Luísa era uma *expert* em Oscar Wilde e Georges Rodenbach.
— Quem?
— Estão todos mortos, fique tranquila.
— E esse tal de Paulo Cavalcanti?
— Um namorado dela. Morreu no Chile.
— Só namorado?
— Viveram juntos uns tempos.
— Como ele era?
— Um chato.

Mariana ri, e mais uma vez eu evoco Luísa recém-saída da adolescência, filha única do sr. Luís, funcionário graduado do Banco do Brasil, e de dona Carmem, professora de canto e piano. Cantava no coro do Theatro Municipal, e sua maior glória foi substituir Niza de Castro Tank em *La Bohème*. Quando Luísa saiu de casa para viver com Paulo, dona Carmem começou a cantar insistentemente a ária da loucura de *Lucia di Lammermoor*. Só parou quatro anos depois, quando a filha voltou para casa. Para a sua completa felicidade, logo em seguida Luísa conhecia Mário, que retornava de Ilha Solteira. Eu estava em Londres quando recebi um cartão de Natal informando que ela conhecera um "homem maravilhoso".

Flashback

Estou numa festa. O gelo acabou. Estou sonolento, cansado, mas Luísa não me deixa sair. Luísa não quer ficar sozinha e brinda à minha absolvição. Sou cúmplice de Luísa nesse falso clima de festa. Ela sabe que é falso, mas finge se divertir. Luísa vive de transformar as aparências em substância.

— Você se lembra daquela frase das Novas cartas portuguesas, *"mais que a paixão os seus motivos"?*

Ela investe contra o meu desânimo e tenta improvisar um jogo da verdade.

Digo-lhe: "Mas é tão nouvelle vague, meu bem". Ela se exaspera. Nós estamos mortos. E continua tomando seu uísque sem gelo.
Olho-a dentro do seu desespero: "Nós, meu bem?".
Sim. Todos nós. Tudo está morto. O planeta, o sistema, o universo, tudo apodrece, fede, fenece.
— O que aconteceu a você nestes anos em que ficamos separados?
Luísa me abraça e confessa morrer de saudade do tempo em que passeávamos pela Cidade Universitária de mãos dadas.
— Quando tomava ácido, íamos para a fonte e ficávamos olhando o pôr do sol, dizendo tolices. Eu achava que o único homem à altura de Luísa era o Carlos Fuentes. Rico, talentoso, inteligente e poliglota.
— Não sabia que Luísa era chegada a um barato — observa Mário.
— E não sou. Não faço pequenas viagens.
— Mas escuta os relatos com muito prazer.
— Depende do viajante. E com o Raul era sempre fantástico — completa Luísa.
Há um vago mal-estar na sala. Luísa ri. "Talentoso, inteligente, poliglota", repete sem parar.
— São duas horas da manhã, Luísa.
Luísa volta-se para Mário, que a advertira sobre a hora.
— Se você está com sono, por que não vai dormir?
Mário olha-a penalizado, e nós ficamos muito constrangidos.
— As pessoas estão cansadas, Luísa. E você está se tornando inconveniente.
— Vá dormir, Mário. Eu prometo não sentir a sua falta.
Mário pousa o copo de vinho sobre a mesa, diz boa-noite e retira-se da sala. Luísa está imóvel, paralisada pelo seu sarcasmo. Olho para Marga e para o crítico amigo. Há um grande silêncio, apesar de Miles Davis.
Luísa, indefesa, senta-se no chão e diz para si mesma: "Que pena o gelo ter acabado". Marga passa-lhe a mão nos cabelos.

Está de saída. Todos nós estamos de saída e saímos, punindo Luísa com a solidão. À espera do elevador, escuto os últimos acordes do "Concerto de Aranjuez" e penso em Mário e Luísa e no que deve ser a vida desse casal a portas fechadas.

Estou na exposição mais recente de Luísa. Sérgio acaba de chegar e para tímido na porta, sem coragem de entrar. Aceno para ele, e ele caminha para mim. Abraçamo-nos. Sérgio bebeu.

— E então? — pergunto.

Há pelo menos quatro anos não nos vemos. Ele está envelhecido. Cabelos grisalhos, barriga proeminente.

— É a cerveja.

E esboça um sorriso nervoso. Precisa fazer ginástica, observa. Parou de fumar. Uma vitória. "Devagar eu chego lá."

— Aonde?

— Ao nirvana.

Falando nisso, leu meu último livro. A minha carreira vai de vento em popa. A de Luísa também.

— E a sua? — pergunto.

— Um sucesso. Estou empregado. Que mais posso querer?

E dá uma gargalhada enquanto passeia os olhos pela galeria à procura de Luísa. Luísa o avista, caminha para ele e o abraça ternamente.

Flashback

Estamos na redação. É tempo de Natal. As secretárias organizaram um "amigo-secreto". Todo mundo achou ridículo, mas todos se aproveitam da caixinha de correspondência e do anonimato para exercícios de rastreamento.

Pululam bilhetinhos para Antônimo Veneziana, Brâmane Insatisfeito, Young Trótski. De Andorinha Inquieta, Rosa de Luxemburgo, Libertad. Libertad sou eu. Escrevo para Zangão Róseo, que suspeito ser o novo assistente de arte de Luísa.

Luísa não escrevia para ninguém até receber um bilhete de Marcel Francis.

"É você", ela me diz. Nego. Ela insiste. O estilo é meu, mas não fui eu. Identifico os tipos da máquina e concluo. Marcel Francis é Rogério. Luísa ri. É de Rogério, insisto. E incentivo-a a responder. Ela responde, evasiva. Ele contra-ataca. Ela recua. Acaba de receber um bilhete de Sérgio. Sabe que é dele pelo estilo e responde, animada. Luísa começa a participar dos folguedos natalinos com um objetivo certo. Que não é Rogério. E Rogério lança-lhe olhares cada vez mais melados. Ele empalidece, enrubesce, emudece diante de Luísa. Luísa percebe. É fêmea. Muito fêmea perto de Rogério, cada vez mais pálido, rubro e tímido.

Sérgio é mordaz. Luísa finge ignorá-lo e não saber que é ele quem lhe escreve sob o pseudônimo ardiloso de Fitzgerald. Luísa responde como Zelda.

Sérgio escolhe tomar café toda vez que Luísa vai tomar café. Mal se olham. Luísa é mais tímida do que parece. Sérgio, apesar das aparências, é definitivamente tímido. Ambos se escondem atrás de uma quase arrogância. Eles são muito semelhantes.

Faz seis meses que ele veio para a revista trazido por Rogério, que o conhece de longa data, dos tempos do Última Hora e da sucursal do JB.

Sérgio é casado, malcasado como quase todos os casados da redação. Tem três filhos: Pedro, Tiago e Lucas. "Em homenagem aos apóstolos do doce Rabi", como costuma dizer.

— Se eu tivesse uma filha, ela se chamaria Izildinha ou Maria Gorete. Minha mulher é Bernardete. Nós somos uma família muito pia.

Sérgio é editor de economia e finanças e odeia o que faz. Mas dizem que ele inventou uma linguagem humana para o setor (quase lhe deram dois prêmios), e ele não consegue mais se libertar.

"Ao contrário de São Paulo, non duco ducor", costuma dizer, enquanto agita e enlouquece os repórteres da sua editoria.

Tenho uma vaga suspeita de que esse lema não se circunscreve apenas ao plano profissional. Ele passa quase todas as noites no Sindicato ou no Quincas Borba, com exceção

das segundas-feiras. "As crianças têm direito de ver o pai no horário nobre pelo menos uma vez por semana."
A mulher telefona sempre, perguntando a hora em que ele vai chegar em casa. "Os desígnios da Providência são insondáveis, minha filha, e eu estou nas mãos de Deus."
A redação ri, mas ele não é o único a não querer voltar para casa.

Luísa mantém sua correspondência com Fitzgerald em absoluto sigilo.
Todos os dias pergunto-lhe de Mário. Luísa perscruta-me curiosa e não responde. Tento abrir um espaço para confidências, mas Luísa não quer falar de Mário.
— Vocês estão bem? — pergunto.
— Como sempre estamos.
Luísa está começando a ficar irritada com o meu interesse por sua vida conjugal.
— Por que você não cai fora dessa merda de casamento?
— Não é uma merda! — E conclui: — Há Mariana. Há muita coisa. Os móveis e utensílios. No sentido literal também. Uma história. Laços, laços. Compreende?
Eu não compreendo. Ela se exaspera. Eu a abraço, tento acalmá-la.
— Sou seu amigo. Estou preocupado com você — digo, desarmando Luísa com uma confissão de amor.
Luísa gosta de Mário a seu modo, e o modo de Luísa é duro. Aliso seu corpo, seu rosto. Cheiro-lhe a nuca, beijo seu pescoço, fingindo volúpia. E Luísa deixa-se acariciar por mim porque sou seu amigo e porque sou homossexual. Rogério olha a cena com gula. Sérgio finge trabalhar. E nós vamos tomar café de mãos dadas, provando a cada um quanto somos inseparáveis.
— Você está muito bonita.
Luísa sabe disso. Está no cio. Os homens da redação agitam-se em torno dela. Fazem-lhe a corte. Mas todos os dias, pela manhã, ela recolhe o bilhetinho de Fitzgerald e responde imediatamente. Zelda. Suspeito que essa ligação seja mais neurótica que a original.

— • —

Rogério escreve o último bilhete. "Não me negue uma contradança."

"Contradança. Marcel Francis é Rogério, definitivamente." Mas Luísa quer dançar com Sérgio, que não deve saber dançar. E eu não quero saber desta festa. O Natal me entristece, e ainda não acabei de pagar o advogado. Mas Luísa insiste em que eu participe, e ninguém me deixa sair. Já perdi a conta das vezes em que falei sobre o episódio da minha prisão, da cena com o investigador, do lenço de papel do escrivão, do depoimento de Luísa. Eu sou engraçado. A festa precisa de mim.

Há um clima de indefinível sensualismo. Há uma clara atmosfera de histeria. Todos se comportam como se esta fosse a última festa, a última chance de beber e se divertir.

Tento organizar uma suruba, mas sou repelido. Há uma virgem e duas noivas a bordo, entre elas Nair, a secretária de Rogério. Seu noivado tem oito anos de idade.

Procuro meu Zangão, mas ele desapareceu com a Andorinha Inquieta.

As mulheres enfeitaram-se para a festa. Os homens também, mas fingem displicência. Observo uma camisa ainda não vista em Sérgio. Um par de sapatos novos em Rogério. Luísa passou blush. Raramente Luísa usa blush.

O baile começa ao som de Nelson Gonçalves. Homenagem de Nair a Rogério. Rogério gosta de Nelson Gonçalves, Nelson Rodrigues e Ernesto Sábato. Rogério é profundamente coerente.

"Boemia, aqui me tens de regresso..."

Rogério é um boêmio cíclico, popular na baixa noite paulista. Começou o itinerário em 1959, quando se separou da mulher. Às vezes confidencia algumas paixões: Eliane, do La Vie en Rose, Débora, do Marino's, e Chantal, do L'Amour. E a mais longa: Branca, ex-lanterninha do cine Rio Branco, depois pupila de Laura Garcia. Mas nenhuma dama da noite o fez sucumbir como Sarita, que trabalhava na internacional do Estadão e foi embora depois da Guerra dos Seis Dias.

> "Eu fiz uma faculdade por causa dela, e ela se casou com um violoncelista de Haifa."
> Coisas da vida. É quase engraçado olhar para Rogério, que Luísa batizou de Amado Júnior, e imaginar que ele fez um curso brilhante de filosofia.
> — Eu sou apenas um filósofo do asfalto — diz ele a Luísa nesta festa de Natal. Luísa ri e olha para Sérgio, que não parou de beber.
> Rogério está ligeiramente embriagado. Luísa está bastante embriagada. Sérgio está totalmente embriagado.
> "Voltei pra rever os amigos que um dia..."
> Rogério pigarreia. Está prestes a convidar Luísa para dançar, mas Sérgio antecipa-se, e Luísa sai deslizando com ele pela sala. Sérgio fala ao seu ouvido, e ela ri. Rogério empalidece e se afasta. Rogério entra na sua sala, pega o casaco e sai discretamente. Luísa não percebeu que aquela dança era de Rogério. Mas Luísa só tem olhos para Sérgio nesta festa de Natal.

Estou na mais recente exposição de Luísa. Luísa e Sérgio falam em voz baixa e ternamente. Marga aproxima-se e fica ao meu lado, olhando a cena com o mesmo interesse.

— Retomaram o caso? — pergunto.

— Encontraram-se ontem depois de anos — diz Marga com um suspiro.

Luísa tinha chegado em sua casa aos prantos.

— Lavaram a alma. Disseram-se uma porção de coisas que nunca tinham sido ditas. Aquilo que eles diziam na época um para o outro não tinha nada a ver com o que sentiam, você sabe.

— Não, eu não sei.

Luísa e Sérgio olham para o mesmo ponto e parecem embaraçados. Marga e eu voltamo-nos e deparamos com Rogério. A cabeleira branca contrasta com a pele queimada pelo sol, seus ombros estão cada vez mais encurvados. Ele caminha para Luísa com passos inseguros. Rogério está aposentado e mora sozinho numa casa em Ubatuba. Luísa o abraça. Não esperava que ele viesse. Ele sorri pacientemente. Luísa conhece mal Rogério.

Flashback

Estou na festa dos trinta e quatro anos de Luísa. Luísa, deprimida, me diz que é difícil envelhecer. Fala de coisas como sentimento de urgência. Tento acalmá-la. "Seja mais oriental, meu bem." Mas Luísa fala de morte. Procuro distraí-la comentando Woody Allen, mas Woody Allen também é um obcecado pela morte, e ela discorre longamente sobre Interiores.

— *Mas você não é judia nem mora em Nova York, meu bem.*

Ela ri por um momento e agradece as minhas flores. É tempo de miosótis, violetas e amores-perfeitos. É maio. "Em maio, Paris tem cheiro de miguet*", diz ela. E acrescenta: "Da última vez que vi Paris, era maio". Luísa está infeliz.*

Há uma mesa com vinhos e queijos. Marga discute com o crítico amigo os rumos da literatura. Fala de uma linguagem feminina. E eu, o que acho?

— *Eu não sei o que é isso. Linguagem feminina... Só existe uma linguagem comum a todos os mortais, homens, mulheres, veados e sapatões* — *digo provocando Marga, muito vulnerável desde que edita uma revista de fotonovelas. Foi um rude golpe depois de tentar um jornal feminista.*

Nesta festa, Luísa se excede no brilho de seus convidados. Há um romancista, um poeta concretista, um dramaturgo censurado desde 1968, quatro contistas, dois críticos de arte e um de música popular, um compositor promissor, vários atores e alguns jornalistas de prestígio. E eu estou entre eles, provocando Marga e me sentindo cada vez mais ansioso porque Mário ainda não está na sala.

— *Onde está Mário?* — *pergunto a Luísa.*

Mas Luísa não ouve ninguém. Luísa também está ansiosa, porém olha para outra porta — *a porta da rua. Sento-me entre meus pares e escuto.*

O crítico amigo fala de Llosa. Mário chega à sala. Levanto-me para cumprimentá-lo. Sou o único que percebe. Mário pergunta se estou servido e me serve.

— O vinho tem uma bela cor — observo, sabendo que os vinhos são sempre escolhidos por ele.

— Boa safra — diz Mário.

Eu não entendo de vinhos, mas acredito. Mário inspira confiança. Postamo-nos ao lado da mesa e observamos a fauna. O crítico amigo agora fala de Cortázar. "Quando chegará a vez de Borges?", pergunta o meu coração.

— Onde está o resto do pessoal da revista? — pergunta Mário.

Encolho os ombros. Sei que Luísa convidou Rogério, uma repórter da minha editoria e umas poucas pessoas mais. Mas eles ainda não chegaram, e Mário parece curioso.

Elogio novamente o vinho, e Mário sorri. Mário sorri, e eu me alegro. A campainha toca. Luísa corre ansiosa. Luísa está muito frágil na festa dos seus trinta e quatro anos. É Sérgio. Volto-me para Mário e observo que não sou mais o único representante da redação naquela festa.

Luísa desembrulha o enorme presente de Sérgio. É uma gaiola.

— Linda — diz ela.

Sérgio deu de presente uma gaiola para Luísa. Marga esconde o rosto. Luísa finge se alegrar. É uma bela gaiola. Há um belo subtexto neste presente. Sérgio triunfa com o sucesso da sua gaiola. Aperta a mão de Mário, apresenta-se a ele e finge desenvoltura.

— Mário, você que é rico e amigo da classe operária, prepare seu bolso e seu coração, porque nós vamos entrar em greve.

Sérgio está chegando do Sindicato. A classe discute antecipação. Sérgio me abraça, simulando um calor que a nossa amizade não tem. Não está à vontade. Mário, que também não está à vontade, convida-o para ir ao escritório. Sigo atrás deles, mas sou interceptado pelo crítico amigo.

— Se você quer encontrar a célula mater da literatura latino-americana...

Eu não quero encontrar a célula mater *de porra nenhuma, mas tenho que escutar o discurso do crítico amigo, por ser amigo e estar em casa de Luísa, que aprecia tanto o crítico amigo. Fico retido na sala. A gaiola passa de mão em mão. Luísa está muito tensa e ri demais.*

O que Luísa terá feito a Sérgio para receber de troco uma gaiola?

Nesta festa ainda não há dança, e eu preciso descarregar essa tensão. Estou muito tenso, tenso como Luísa, e não espero ninguém. O escritório está ocupado. Onde poderia revigorar minhas forças? Tranco-me no banheiro de Luísa e retorno minutos depois.

Luísa está diante de Rogério, que acabou de chegar. Rogério entrega-lhe um buquê de rosas vermelhas e a beija no rosto. O público seleto examina-o de alto a baixo. Rogério está envolto pelo suave aroma de L'Eau Sauvage e parece menos velho. Na verdade, Rogério parece ter a idade que tem.

Constrangido, aperta minha mão. Ele odeia multidões. Luísa tenta salvá-lo, levando-o para o escritório. Ao voltar, está transtornada. Luísa avança decidida para o aparelho de som e retira o disco que estava tocando. Subitamente, o silêncio. Escuto a voz de Sérgio. Sérgio, no escritório, fala de Paulo Cavalcanti. Marga olha apreensiva para Luísa. Luísa, trêmula, procura um disco. Marga vem até mim e pede que eu faça alguma coisa.

Subitamente Nelson Gonçalves invade a sala. O compositor protesta. Luísa fulmina-o com o olhar. Ele pede desculpas em nome da Música Popular Brasileira. Luísa vai até o escritório e traz Rogério pela mão. O desastre se aproxima.

No instante seguinte, Luísa e Rogério dançam ao som de "A volta do boêmio". Marga olha para mim e esconde o rosto.

O público seleto ri da timidez de Rogério, perdido nos passos do samba-canção. Rogério treme, pisa, tropeça, desculpa-se. Mas Luísa prossegue sem lhe dar trégua. Rogério está sendo mais torturado do que Sérgio o foi por profissionais. Mário e Sérgio chegam à sala atraídos pelas gargalhadas. Luísa olha para Sérgio, triunfante. Sérgio procura manter-se em pé. Mário abaixa os olhos. Olho para Luísa e para o espelho que deforma a sua imagem. Luísa é perversa.

Rogério recolhe os seus despojos, beija a mão de Luísa e vai embora. Rogério é um cavalheiro. Sérgio já foi sem se despedir de ninguém.

Mário enche seu copo de Saint-Emilion, 1964. Um bom ano. Um a um, os convidados retiram-se. Sobramos eu, Marga e os donos da casa. Marga, perturbada, tenta reanimar a festa com Billie Holiday. Mário continua mergulhado no seu vinho. Luísa aninha-se no colo de Marga e diz que é muito difícil envelhecer. Luísa diz sentir o cansaço antecipado de todas as coisas. Luísa fala do peso inexorável do tempo sobre ela. Luísa dissimula sua dor e remorso, e Marga, que sabe de tudo, colabora com Luísa no drama do envelhecimento. Luísa chora no colo de Marga e canta junto com Billie Holiday, "some day he'll come along, the man I love...".

Abro a janela e respiro fundo. Lá fora, amanhece.

Estou na exposição de Luísa.

Uma buzina insistente me desperta. Mário acaba de chegar. Estaciona o carro em fila dupla e buzina. Mário não vai entrar. Insisto em que ele desça, mas ele só veio para buscar Mariana.

Mário apresenta a nova mulher. É jovem, bonita, mas bem penteada e bem-vestida demais. "Vera." Vera está com pressa. "Os meninos ficaram sozinhos." Sua voz é grave, o assunto, não. A empregada de confiança casou e não dorme mais em casa. "É um problema."

Mariana despede-se de mim e entra no carro, feliz em partir. Luísa acena para Mário.

— Não vai entrar?

— Estamos com pressa. Venho outro dia, com calma.

Mário virá outro dia, quando Luísa estiver ausente. Mário sempre foi um espectador solitário da vida de Luísa.

— • —

Flashback

Estou em casa de Mário. Faz uma semana que Luísa se foi. Deixou Mariana com a mãe e partiu para o Rio de Janeiro à procura de apartamento. Está decidida a mudar de vida. "Começo mudando de cidade para facilitar o resto." Na semana que vem ela realiza a primeira mostra individual.

Mário recebe-me constrangido. Conta que estão separados. "Cedo ou tarde isso teria que acontecer." Mário está arrasado, mas tenta manter a altivez. Pergunta da revista, de Sérgio e de Rogério. Marga tem sido inestimável. Ele, Mário, nunca esperou que Marga fosse tão solidária.

A empregada vem e traz gelo. Mário me serve uma dose generosa de uísque. Pergunto se está bebendo muito. Ele se retrai e observa que, desde que Luísa foi embora, não tem escutado Miles Davis. Nosso silêncio é penoso.

Da cozinha vem o som roufenho de um rádio de pilha com a voz de Sidney Magal. Ele sorri, e crio coragem de lhe perguntar, não sem antes pedir desculpas, por que ele se casou com Luísa. Mário abaixa a cabeça e roda o gelo no copo com o indicador. A pergunta foi incorreta, e ele devolve na resposta a minha intenção exata.

— Por que eu fiquei casado com Luísa esse tempo todo, você quer dizer?

Era o que eu queria dizer.

— Por amor — responde.

Sei que Mário, ao tempo em que conheceu Luísa, estava noivo de uma Ana Maria, que fazia pedagogia na PUC e era a menina dos olhos de sua família.

Olho para Mário separado e imagino que ele talvez volte a se casar com uma mulher muito diferente de Luísa, uma Ana Maria, graduada em pedagogia e atualmente uma bem--intencionada orientadora de alguma escola experimental.

— Talvez você se case mais cedo do que imagina.

Mário não afasta a hipótese, mas por enquanto quer ficar sozinho.

Pergunto-lhe se ele não se sentia sozinho com Luísa.

— Às vezes. — E acrescenta: — Luísa é uma pessoa difícil, mas não vai ser fácil viver sem ela.
Olho em torno. As paredes já foram varridas de quase todos os quadros. Não há mais um vaso de plantas, e sobre os móveis repousam poucos objetos. A casa despe-se lentamente da presença de Luísa. Sou tomado de um grande sentimento de comiseração, porque a imagem desolada da sala me remete para a ilha, no dia seguinte à morte de Bob.
Quando acabei de acomodar as coisas dele na mochila, percebi que o quarto estava nu. Eram os seus objetos, e não os meus, que imprimiam uma marca pessoal àquela casa.
Eu tinha sido apenas um hóspede de Bob, como Mário, à sua maneira, também tinha sido um hóspede de Luísa.
— Também já passei por isso — digo para confortá-lo.
Ele me olha com perplexidade.
— Eu vivi com um cara em Mikonos...
A expressão severa do seu rosto não estimula a confidência, e começo a pensar que este convite para jantar é bem mais que uma fuga da solidão. Mário pergunta mais uma vez da revista, de Sérgio, de Rogério e de como a demissão e a separação de Luísa repercutiram no pessoal. Pergunta também se estamos refeitos da derrota da greve.
— Luísa parecia inconsolável — acrescenta.
Digo que nos refazemos rápido das derrotas. É uma longa prática, e, afinal, devemos fazer o jogo da Pollyanna e repetir como todo mundo: "Foi uma lição".
Mário pergunta sobre a participação de Luísa na greve, tentando extrair de mim uma informação vital.
— Ela andava muito sombria.
— Esse clima era geral.
— Rogério participou da greve? — pergunta à queima-roupa.
— Não, claro que não. Rogério ocupa um cargo de confiança.
— É uma posição antipática — observa Mário.
Esclareço que, mais que uma posição antipática, é uma posição difícil. A revista, afinal, acabou saindo graças a Rogério e aos outros, os que ocupam cargos de confiança.

— Entre o dia 22 e o dia 10, Luísa chegou sempre de madrugada. De vez em quando ligava de fora para falar com a menina ou as empregadas. Às vezes falava comigo para dizer que estava tudo bem e que eu não me preocupasse.

Digo-lhe que foram dias muito agitados. Luísa foi a todas as assembleias e a todos os piquetes.

— Você sabe como são as assembleias da nossa categoria: intermináveis.

Mário me acua e é direto:

— Quem estava com ela nessas assembleias e piquetes?

Respondo evasivo. Luísa estava com todo mundo e não estava com ninguém. Esse todo mundo era eu, Marga, o pessoal da redação e das outras redações onde ela trabalhou. Não digo que Luísa ficou a maior parte do tempo ao lado de Sérgio e que eu só tomei consciência de que os dois eram amantes na assembleia da igreja de São Domingos.

Sérgio pedira a chave do meu apartamento, alegando sono e cansaço. Horas depois, passando em frente ao edifício, vi o carro de Luísa estacionado junto à porta. O caso tinha alguns meses, mas eu fui dos últimos a saber.

— Você suspeita que Luísa esteja envolvida com alguém? — pergunto, fingindo inocência.

— Você tem alguma dúvida?

— Que importância isso tem agora?

— Curiosidade.

— Tolice.

— Você sempre foi muito leal a Luísa.

— Eu gostaria que você soubesse que tenho tentado ser mais seu amigo que amigo de Luísa.

Mário enrubesce. Está profundamente incomodado.

Estou na exposição mais recente de Luísa. Marga despede-se de Sérgio. Rogério convidou a todos nós para jantar, mas só Marga aceitou. Luísa prometeu passar no restaurante "depois". Eu espero Cláudio desde as nove da noite. Rogério não tira os olhos de Luísa, mas ela não parece constrangida.

Quando encontra seu olhar, ela sorri para ele. Não há sedução nesse sorriso, apenas simpatia. Marga se aproxima de mim e me leva para o outro lado da galeria, a pretexto de comentar uma obra. Ela quer falar sobre Sérgio.

— Você não o achou abatido?
— Envelhecido.
— Ele a pediu em casamento — diz Marga com um suspiro. — Queria terminar com ela como o Carlitos e a Paulette Goddard naquele filme. Os dois de mãos dadas, seguindo por uma estrada.
— É uma bela imagem. Luísa aceitou? — pergunto.
— Ela lhe disse que eles não são tão desarmados nem tão inocentes para acabar assim.
— Você parece desolada — observo.
— E estou. Pasme: eu torci por esse *happy end*.
— Pensei que você não gostasse do Sérgio.
— Eles ainda se gostam. É isso que importa.
— A que se deve sua mudança?
— Luísa tem uma novidade, mas eu prefiro que ela mesma conte a você.

Marga percebe minha curiosidade, porém não se rende.
— Prepare seu coração — diz apenas.

Rogério espera. Marga despede-se de Luísa e passa o braço nos ombros de Rogério. Eu os observo afastar-se lentamente até desaparecerem do meu campo de visão. Volto-me para Luísa e descubro que seus olhos também os acompanharam. Marga e Rogério. De algum modo eles se parecem.

Flashback

Estou diante de Luísa, às vésperas de sua separação.

— Por que eu tenho que ser sempre o último a saber?

A pergunta foi brusca, mas Luísa olha para mim sem surpresa.

— Desculpe. Não por você ter sido o último, ou o penúltimo, ou seja lá o que for. Mas por ter usado a sua casa sem dizer nada. Foi desleal, reconheço.

Luísa tem um ar fatigado, e sua voz está mais rouca que o habitual.

— Sérgio, quem diria...
— Você diria, Raul.
— Pensei que você estivesse recuperada.

Luísa acende um cigarro e confessa que se aflige com as expectativas das pessoas a seu respeito. Todo mundo exigindo novas e equilibradas atitudes de sua parte. Pai, mãe, marido, amigos.

— Até você — observa, com uma ponta de mágoa.
— Eu não exijo nada. Achei apenas curioso que você se envolvesse com um cara como o Sérgio.
— Trata-se de um caso bizarro?
— Seria mais bizarro se o seu caso fosse com Rogério.
— Eu teria sido menos infeliz com Rogério.
— Rogério não é seu tipo.
— Nem Sérgio é. Nem Mário. Nem Paulo foi. Isso de tipo é uma bobagem. Para mim sempre se tratou de uma questão de salvação ou danação.
— Mário foi a salvação?
— Pensei que fosse. Nós estamos para nos separar. Não sei quando, mas pressinto que deve acontecer nos próximos dias. Mário perdeu a paciência, anda muito inquieto, querendo me dizer alguma coisa. E eu sei o que é. Não apenas sei, como quero que ele diga. E ele tem toda a razão, não tem?
— Quer um uísque?

Luísa quer o uísque e a minha resposta. Eu concordo que Mário deve ter toda a razão de estar cansado. Luísa escuta o veredicto aliviada, coletando, na minha opinião, mais uma culpa. Luísa sorri quando lhe digo o que certamente Marga já lhe disse. Mário não está só cansado. Ele também tem sido impiedosamente desrespeitado por ela.

— Ele não foi o único que eu desrespeitei.

Luísa se refere a Rogério.

Quando Sérgio a feria, ela corria para a sala de Rogério. Mas não podia responsabilizar Sérgio, porque o jogo de se consolar

com Rogério precedia a entrada de Sérgio em cena. Tratava-se de uma questão de segurança. Rogério devotava-lhe um amor incondicional. Luísa precisava do conforto desse afeto, embora não soubesse o que fazer dele.
Observo seus dedos trêmulos. As unhas estão descuidadas. Luísa tem um ar de desleixo. A bolsa é surrada, o cinto não combina com nada, os cabelos não brilham, e os olhos estão pesadamente carregados de kohl. Não há sequer o traço de seu perfume. Luísa castiga-se através da sua aparência.
— Você não está bem, Luísa.
Luísa esboça um sorriso triste. Meu comentário é supérfluo. Ela sabe que não está bem. Passa o dedo sobre a mesa e depois me exibe a marca do pó. Pergunta se estou sem faxineira e me oferece a sua. Mário não vai precisar dela mais que um dia por semana.
— E você? — pergunto.
— Eu vou para o Rio.
— E Sérgio?
— Vai tudo de roldão. Mário, Sérgio, emprego, tudo.
— Mas por quê?
— Porque é preciso — ela murmura.
Luísa acende mais um cigarro, enquanto o outro ainda queima no cinzeiro.
— Que coisa estranha isso que eu fiz... passar o dedo num móvel para ver se tem pó... Eu nunca fiz isso, nem na minha casa... Por quê, Raul?
Fico tentado a lhe dizer muitas coisas, todas elas inúteis, começando por lhe recomendar um analista. Ela se antecipa:
— Espero que você tenha o bom gosto de não me sugerir terapia.
— E eu espero que você tenha o bom gosto de não se suicidar.
Luísa ri. Ela só comete suicídio em pequenas doses cotidianas.
— Em algumas fases mais, em outras menos. Comecei a me matar aos dezessete anos e não parei até hoje.
— Se eu colocar uma valsa, você dança comigo?

A proposta é inesperada, inoportuna, mas Luísa precisa ser conformada. Ela sorri para mim e faz um movimento negativo com a cabeça.

— O que eu posso fazer por você? — pergunto.

— Minha solidão é tão indivisível e minha infelicidade tão profunda que não há nada que você ou qualquer pessoa possa fazer por mim.

— Eu não imaginaria que Sérgio fosse capaz de fazer todo esse estrago.

— Ele tem apenas uma pequena parte nisso tudo. O problema sou eu.

— Espero que essa infelicidade sirva ao menos para fecundar seu trabalho.

— Isso não é muito cínico?

— A tragédia deve ter alguma utilidade.

— Raul, quando eu for embora, procure Mário. Ele vai precisar muito dos amigos.

— O que você está esperando para ir embora?

— A decisão de Mário. Preciso lhe dar essa chance. É muito importante para ele.

Luísa fala do ego de Mário. E só o que restou para ser salvo.

Estou em casa de Mário. Faz uma semana que Luísa se foi. A empregada vem e anuncia o jantar. Passamos à mesa e jantamos em silêncio. A intervalos regulares esvaziamos nossos copos de vinho na esperança de relaxar, mas nenhum de nós está à vontade. Mário reclama da sobremesa e do café frio. Procura se conter, mas a voz metálica não dissimula a irritação. Está agastado consigo e comigo, arrependido do convite, embaraçado com as minhas demonstrações de afeto. Tento aliviar seu sofrimento, alegando um compromisso logo depois do jantar. A notícia parece distender todos os músculos do seu corpo.

— Você devia se casar — ele me diz.

Dou uma gargalhada.

— Casar?

— É. Casar, ter filhos, essas coisas...

Mário consulta o relógio e diz que ter filhos é muito importante. Diz também que vai sentir muita saudade deste apartamento. O plano é vendê-lo, já que ele não precisa mais de uma casa tão grande.

— Vou comprar um menor, mais adequado. Uma garçonnière — diz Mário, sorrindo.

Olho para Mário, tão belo, e penso na paixão platônica que alimentei por ele todos esses anos. Olho para Mário sem coragem de me encarar e penso em quanto ele deve ter odiado minha presença nesta casa.

Mário consulta o relógio mais uma vez. O próximo passo será se levantar e dizer "Bom...".

Antecipo-me. Ele se ergue e me acompanha até a porta. Detenho-me por um momento porque há uma coisa que quero lhe dizer.

— É uma pena que você ainda esteja tão ligado a Luísa.

— Isso vai passar.

— A gente vive de amores impossíveis, e, no entanto, o amor é possível, compreende?

Ele não compreende. Aperto o botão do elevador e volto-me bruscamente.

— Quando você se sentir sozinho, me ligue.

Mário me fita com uma expressão gelada. Ensaio um abraço. Ele me estende a mão. Não me surpreendo.

Entro no elevador. Mário aguarda a minha partida com ansiedade. No dia seguinte, abro a agenda e retomo um caso que sempre imagino encerrado. Cláudio. Meu médico e minha doença.

Estou na exposição mais recente de Luísa. As luzes começam a se apagar. Luísa conversa com o crítico amigo. A mostra foi um sucesso, ele lhe diz. Ela sabe disso, mas parece cansada. É quase meia-noite. Cláudio não apareceu. O crítico se despede. Luísa me convida para jantar num restaurante próximo.

— Rogério não tinha convidado você para jantar? — pergunto.

— Já tive reencontros demais.
Caminhamos em silêncio. Eu sou bom entendedor e aguardo a novidade anunciada por Marga. Pacientemente.
— O Décio vai organizar uma mostra de pintura brasileira em Tóquio e me convidou para participar.
Décio é o crítico amigo, mas eu não quero falar de arte. Entramos no restaurante e nos sentamos no bar. Apesar da crise, a casa está lotada. O *maître* prevê uma espera de quarenta minutos, mas Luísa não parece se incomodar. Pede um *dry martini*. "É um drinque tão plástico..."
— Por que eu sempre tenho que ser o último a saber?
Ela não sabe do que eu estou falando.
— Marga me disse que você tem uma novidade.
— Preciso beber para dar a notícia a você.
— É tão grave?
— É engraçada — responde Luísa.
— Que bom. Fico contente que você tenha coisas engraçadas a me dizer.
— O que você achou da mulher do Mário?
— Bonita. Como foi o seu reencontro com Sérgio?
— Ninguém gosta de perder nada — declara.
— Mário ou Sérgio?
— Ambos.
— Por que você não se casa com o Sérgio?
— Porque ele é passado.
— Mas você ainda fica muito perturbada na presença dele. Eu estava lá quando ele chegou. Vi quando vocês se abraçaram...
— Sinto muita ternura por ele. E é só.
"E é só", repete, tentando convencer a si mesma. Em relação a Sérgio, Luísa insiste em dizer que não gosta de trilhar caminhos percorridos. Ficou comovida com o reencontro, mas já está se refazendo.
— Por que demorou tanto para me contar sobre o Sérgio?
— Você está se referindo àquela época?
— A tudo. Mesmo esse reencontro...

— Vergonha. Você é muito exigente a meu respeito, e eu sempre receio desapontar as pessoas exigentes a meu respeito.

Esse é apenas um dos lados da questão. No outro está Mário.

— Você sempre defende o Mário — observa Luísa.

— Eu sempre defendo os fracos — digo com uma ponta de ironia.

— Você ainda está apaixonado por ele?

— Não mais.

Luísa sorri. Apesar de tudo, tem saudade dos velhos tempos.

— Eu vivia emoções intensas. Tão intensas que se prolongam até agora. Os trabalhos desta exposição, por exemplo...

Luísa só se dera conta da sua força no dia anterior, ao entrar na galeria e deparar com as telas uma ao lado da outra, alinhadas contra a parede, compondo o mural de uma época da sua vida. Fora o primeiro impacto. Como se não bastasse, Sérgio ligara marcando um encontro. E ela foi, segura, imaginando um drinque ameno no fim da tarde, preparada para o sarcasmo habitual de Sérgio com o seu sucesso, seu habitual amargor a respeito da vida. De passagem, dariam boas risadas. Sérgio costuma ser engraçado na sua crueldade.

— Subitamente lá estávamos nós, nos confessando, nos penitenciando pelo que foi e pelo que poderia ter sido se tivéssemos a humildade ou talvez a coragem na época.

E Luísa frisa:

— Na *época*. Agora tudo tem outro sentido.

— Tem? Me diga qual.

— Acho que não me envolveria mais com uma pessoa como Sérgio. E minha relação com o Mário também seria diferente.

— Como? — pergunto.

— O Mário tem inúmeras qualidades.

— Sempre soube disso.

— Eu não conseguia vê-las — afirma Luísa.

— O que você quer hoje?
— É tão difuso o que quero.
— Sentimentos intensos, paixão?
— Mas não a angústia antecipada de sua perda. E, acima de tudo, não quero ser destruída.
Ela tem pensado bastante nisso nos dois últimos dias. Está muito afetada pela exposição, por Sérgio e por tudo o mais. "Tudo o mais", repete. Foi como uma vertigem. Uma semana no Rio e tudo ficará para trás — a alegria e a dor —, e mais uma vez ela terá que se aprumar.
— Mariana quer viver com o pai. Eu vou me casar.
Estou atônito.
— Com quem?
— Com um homem muito parecido com o Mário.
— Rico, inteligente e poliglota?
Luísa sorri.
— E gosta de mim.
— E você?
— Tenho um grande prazer na companhia dele.
— Perguntei se você o ama.
— Amo...
— Você não me convenceu.
— Não quero convencer ninguém.
Não insisto. O pianista toca "Manhattan", e Luísa fala da alegria e da leveza que essa música lhe sugere. A última vez que a ouvimos juntos foi num piano-bar em Nova York, depois de um dia muito divertido. Luísa me pergunta se voltaremos a Manhattan, e eu respondo com o último verso da canção. *"Into an island of joy."* Luísa sorri nostálgica e se abandona à melodia.
— Por que a vida não é assim?
O tom da sua pergunta não é triste, é apenas inocente. Nunca senti Luísa tão sozinha. O garçom se aproxima, e ela pede mais um *dry martini* "para combinar com a música". Luísa inventa um breve momento de magia para se evadir da solidão. Aperto sua mão e estabeleço a cumplicidade. Até o último acorde seremos duas pessoas totalmente felizes.

II
Rogério

"Na curva perigosa dos cinquenta derrapei neste amor.
Que dor!"

Carlos Drummond de Andrade
Quarto em desordem

A primeira coisa que me chamou a atenção em Luísa foram os pés. Há quem goste de bundas, de seios grandes, de pernas, de mãos. Eu gosto de pés. Magros, esguios, sem traços de calos, olhos de peixe ou joanetes. Um pé, se não é tudo, é quase tudo numa mulher. Como se não bastasse, Luísa era magra, tinha os ossos dos quadris proeminentes, a barriga ligeiramente entrada. Podia adivinhar-lhe o umbigo: um botão tímido, rodeado de penugem dourada. Os seios pequenos caberiam, de acordo com os cânones do Tio Zeca, numa taça de champanhe. Restava saber, entre outras coisas, se Luísa gostava de champanhe e qual a marca de sua preferência. Mas, naquele momento, eu estava numa festa e nem sabia que ela se chamava Luísa.

Tratava-se do aniversário de Carlinhos. O nível etílico bastante elevado, como sempre acontece nas festas que reúnem jornalistas, alguns acompanhados pelas respectivas, endomingadas, descoladas, unidas pelos filhos, pelo custo de vida e pela circunstância de terem todas "os piores maridos". Mas Luísa não estava entre elas. Conversava com o Torres, muito íntima, sob os olhares enraivecidos da mulher dele.

Tomava-se uísque na sala. No jardim apertado, o Amorim servia chope. Eu estava com os olhos fixos nos pés de Luísa e desejava perguntar a Carlinhos quem era a misteriosa dama de negro conversando com o Torres. Quando pude fazê-lo, ela já tinha ido embora. Foi inútil descrevê-la. Carlinhos não se lembrava de nenhuma mulher de preto conversando com o Torres (e o Torres já tinha saído), muito menos dos pés magros e esguios e dos seios que cabiam numa taça de champanhe. Carlinhos gostava de formas opulentas, e os pés "são a última parte do corpo de uma mulher que podem me interessar".

Desculpei a gargalhada, a crítica velada às minhas estranhas preferências, em nome da nossa velha amizade. Afinal, Carlinhos era não apenas meu melhor amigo, mas também o mais antigo. A gente se conheceu em 1955 na Primeira Delegacia, e, entre um plantão noturno e outro, descobrimos afinidades. Com ele aprendi a botar o relógio no prego, a jogar sinuca, a tomar Caracu com ovo batido, a jogar nos cavalos e no bicho. Com ele fui ao primeiro bordel, um estabelecimento na rua Guaianases, gerido eficientemente por Madame Zuzu. Carlinhos tinha crédito permanente na casa. Comparada à pensão de dona Julita, na alameda Nothmann, onde eu dividia um quarto infecto com um vendedor de cintas ortopédicas, a casa de Madame Zuzu era o paraíso. Lá conheci Marinalva e desenvolvi meu gosto por mulheres magras. Madame aprovava a minha preferência e com toda a sabedoria do *métier* dizia a quem quisesse ouvir que "mulher magra é boa de cama". Tinha razão. Pouco depois, quando eu conheci Berenice — minha futura senhora — e nos lançamos sôfregos ao chão do banheiro de dona Julita, ratificava-se aquela opinião. Berenice: 1,58 m de altura, 65 quilos ou mais, nádegas consideráveis, coxas sólidas como as colunas do Partenon, mas tão lerda e pesada que sempre me dava a sensação de estar copulando com uma baleia moribunda. Mesmo que se pudesse dizer a seu favor que pecava por inexperiência, no decorrer dos anos em que partilhamos o mesmo leito, fazer sexo com ela me evocaria permanentemente a imagem confusa de um desastre ecológico. Não podia dar certo. Mas, desde os nossos tempos de bordel, Carlinhos nunca entendeu meu fraco por mulheres magras. Definia a minha compulsão como parte de uma curiosa patologia e repetia "Você é louco", garantindo também que a mulher de preto tinha sido fruto da minha imaginação.

Na semana seguinte, ao sair da sala dele no jornal, deparei com Luísa. Carlinhos foi obrigado a admitir que talvez eu não estivesse tão louco. Luísa de preto, ao telefone, rindo e fazendo rabiscos langorosos num papel.

— Com quem estará falando?
— Com o marido — respondeu Carlinhos.
— Ninguém é tão lânguida ao telefone conversando com o marido.

Também não interessava saber quem estava do outro lado. Eu era magnânimo e podia dividi-la até com o marido, pelo menos naquele momento. Como na festa de Carlinhos, ela não me notou, apesar do sorriso, o melhor que pude esboçar, endereçado na sua direção.

— Você não se enxerga?

Carlinhos chamava-me à realidade e oferecia-me um espelho. Eu tinha cinquenta e cinco anos, sofria de gota — uma doença só interessante nos romances ingleses —, não conseguia dar mais de uma por noite, tinha prisão de ventre e, o que era pior, era feio. Segundo ele, eu precisaria fazer *cooper*, jogar tênis, mudar para um castelo em Devonshire e fazer uma plástica, para levar alguma vantagem sobre o marido dela. "Um tremendo garotão, alto, loiro, olhos azuis, diretor técnico de uma grande construtora, sócio do Paulistano, joga *bridge* no Harmonia e foi campeão paulista de polo aquático." Apesar de tudo, eu não ia desistir. No restaurante, enquanto ele falava sobre o Sérgio, eu pensava nos círculos que Luísa desenhava no papel no momento em que falava ao telefone.

— E, depois, beleza não é tudo.

Carlinhos parou de enrolar o espaguete e olhou para mim, num tempo de reflexão pasmada, tentando compreender o sentido das minhas palavras e talvez, com grande esforço, relacioná-las ao assunto em questão.

— Beleza o quê?

— Alto, loiro, de olhos azuis, mas pode ser um tremendo brocha...

Carlinhos afastou o prato, irritado. Ele estava falando sobre a situação do Sérgio, absolvido no dia anterior pela Auditoria Militar e ainda no presídio aguardando alvará de soltura. O Sérgio tinha três filhos, estava desempregado, era um amigo, a conversa era séria, e eu, um péssimo ouvinte. Toda vez que Carlinhos apertava os olhos e se aproximava do interlocutor para falar em voz baixa, eu me preparava para meia hora de discurso sobre a conjuntura nacional.

— Tá, tá... Vamos falar com o Fernando e rezar para a família Mesquita asilar o Sérgio.

No final daquele almoço, com o assunto do Sérgio liquidado, a consciência aplacada, retornei ao caso Luísa Maia.

— O que ela faz?

— Está se esforçando para renovar o visual do jornal.

— Estou precisando de um chefe de arte na revista. Você acha que ela daria conta do recado?

Carlinhos, distraído, com um palito entre os dentes, encolheu os ombros e murmurou um indiferente "Não sei". Dois meses depois, quando Luísa lhe comunicou que ia sair do jornal, ele ligou furioso.

— Seu biltre! Pensei que você estivesse brincando!

— Capricórnio é persistente!

Nos meus tempos de setor policial, circulava na redação um certo Professor Zodíaco oferecendo seus serviços a preços módicos. Por uma média e duas empadinhas, traçou meu mapa astral, adivinhou meu passado, projetou o futuro e fez algumas considerações sobre a minha personalidade. Eu ia vencer, mas precisava ter paciência.

— Vai demorar muito? — perguntei.

— Um pouco, mas não se preocupe. Capricórnio é persistente.

Continuo à espera de que se cumpram os vaticínios do Professor Zodíaco, e ainda hoje o vejo sacudindo do paletó o farelo da empada e me segredando ao fim da consulta que a massa não era das melhores.

Uma das muitas coisas que ele não previu na minha vida foi Luísa, e Luísa devia estar assinalada no meu mapa astral, nas linhas da minha mão e nas cartas, na figura da dama de espadas. Quando chamei Luísa à revista, e pela primeira vez a vi em minha sala, já estava claro que o meu interesse tinha se transformado em paixão. À noite, ouvindo Telemann, lembrei-me da voz rouca de Luísa, seus olhos esquivos, os pés nus, Luísa de preto como convinha, a transparência do vestido, o único sorriso esboçado quando Nair entrou com o café. Ela tinha dito "obrigada", e Nair, encantada, retribuíra o sorriso. Ao me lembrar de Luísa naquela tarde de dezembro, intrigada com o convite — "chefe de arte?" —, senti pela primeira vez a minha casa vazia. Luísa ameaçava a minha solidão. Depois ameaçou a minha sanidade.

Eu via Luísa, mas Luísa não me via. Só entrava na minha sala para falar sobre trabalho, não aceitava meu oferecimento de café ou cigarros, "São muito fortes", dizia, e aceitava os do Torres, "A mesma marca".

— De onde você conhece o Torres? — perguntei um dia.
— Das *Folhas*.
— Não sabia que você tinha trabalhado nas *Folhas*.
— Fazia revisão. Mas isso foi há muito, muito tempo. — E afastou-se, deixando-me ridiculamente com dois copos de café na mão. O outro era para ela. Chamei o Torres.
— De onde você conhece Luísa?

O Torres conhecia Luísa desde 1966 porque Luísa era amiga de Marga, uma antiga paixão.

— Fale-me dessa antiga paixão.
— Está exilada.
— E Luísa nessa história?
— Amigas. A paixão, a propósito, foi unilateral. Marga nem se apercebia da minha existência.

Chamei o Amorim, subeditor de internacional, dono de um enciclopedismo que começava nas canções de Vicente Celestino e terminava em algum obscuro poeta catalão que ele lia no original. O Amorim era o único na redação fiel ao terno e gravata. "Só uso roupas de época", costumava dizer, imperturbável a qualquer gozação.

— Parece que você se dá bem com a moça — comecei.
— De modo geral me dou bem com todo mundo.
— Como vocês ficaram amigos tão rápido?
— Ela ficou surpresa quando eu disse que conhecia a obra dela.
— Obra?
— Ela pinta. Aliás, tem duas ou três coisas bastante boas numa galeria dos Jardins.
— Qual é o assunto?
— Cidades mortas.
— Caçapava?
— Bruges.
A distância era considerável.
— Como é o estilo?
— Por que você não pergunta à moça?
Foi o que fiz.
— Vagamente expressionista — respondeu Luísa.
— Vagamente o quê?
— Quer ver o catálogo da exposição?
— Você tem algum disponível?
— Dezenas. Quantos você quer?
— Todos.
Luísa jogou a cabeça para trás e soltou uma gargalhada. O Amorim voltou-se para nós, curioso, e eu corei. Luísa ria, quase íntima, divertida com o meu pedido. Era a primeira vez que fazia Luísa rir. A proximidade possibilitava sentir o seu perfume, sempre o mesmo perfume. "É Joy", diria mais tarde Raul.

Ela abriu o catálogo. "É uma coletiva", observou. E me mostrou suas obras.

— A reprodução não está uma maravilha, mas dá para você ter uma ideia.
— Por que Bruges?
— A vida inteira desejei conhecer Bruges por causa de *Bruges, la morte*. Pois bem: conheci Bruges, e este é o meu tributo.

Tentei reconhecer Bruges ou lá o que fosse, mas, ou porque a dimensão das fotos fosse reduzida, ou porque eu não entendesse de arte moderna, não consegui esboçar nenhuma reação inteligente.
— Então?
— Interessante...
— Seja franco, eu não sou suscetível. — E me encarou zombeteira, praticamente exigindo uma opinião sobre arte, me obrigando a ser mais consequente na próxima frase ou, o que seria mais perigoso, a embarcar na ironia, que não era meu forte. Preferi a neutralidade.
— Vou dizer o que penso depois de ter visto sua obra pessoalmente.

Luísa continuava a sorrir, entre um gole de café e outro. Ofereci-lhe um cigarro antes que ela pensasse em recusar. Não recusou. O isqueiro estava na minha sala. Torres, gentil, providenciou o fogo, e ela disse "obrigada" para ele, não para mim.
— O catálogo é seu — observou.
— Meu?

E ela riu outra vez. Reclamei uma dedicatória, e ela assinou, displicente, frustrando minha expectativa de receber alguma coisa pessoal e intransferível do gênero: "A Rogério nesta noite de chuva...", ainda que não fosse noite nem estivesse chovendo.
— Só isso? — perguntei, magoado.

Ela me olhou, intrigada. "Que mais você queria?"

Se em vez de Luísa fosse Marinalva que me tivesse feito a pergunta, eu teria respondido sem pejo "Quero comer você". Mas Luísa não era Marinalva, embora os pés de ambas se assemelhassem bastante, e eu não poderia dizer delicadamente "Quero possuir você", pois talvez Luísa fosse feminista, ou

"Manter relações sexuais com você", que seria muito babaca, ou então, como Luísa merecia, "Quero levar você para Barbados e fazer amor com você numa praia deserta", o que seria inviável. Disse apenas, desapontado: "Só queria mesmo o seu autógrafo".

Luísa nunca me perguntou o que tinha achado da sua obra avidamente contemplada na noite daquele mesmo dia. Era uma forma indireta de tentar conhecê-la, mas Luísa guardava-se tão bem que, ao sair da galeria, tive a exata sensação de que suas telas podiam ter sido perfeitamente uma criação coletiva do serviço de turismo da Bélgica.

— Ela gosta um bocado de Bruges — comentei com o Amorim no dia seguinte.

— Ela entende muito de Decadentismo, que é uma "subsubcorrente" do Simbolismo, embora tenha gente por aí que o considere um movimento pós-romântico. *Bruges, la morte* teve seus dias de glória. Eu tive um professor de francês no seminário...

De uma coisa eu tenho certeza. O Amorim deve ter entendido a obra de Luísa muito melhor do que eu. Se eu quisesse conhecer Luísa, adivinhar as inquietações de sua alma, devia tentar outros meios. À noite, ouvindo os *Concertos de Brandemburgo* do pacato Johann Sebastian, lembrei-me mais uma vez do Professor Zodíaco. Capricórnio é persistente. Tinha sido uma forma gentil de dizer que um precário talento pode ser compensado por esforço e teimosia.

— Você está ficando obcecado — dizia Carlinhos.

E estava. Pensava em Luísa dia e noite, minha alegria estava atada aos seus humores, sábados e domingos eram intoleráveis porque eu ficava privado da sua presença. Encerrado em casa, acariciava as coisas em que ela deixava sua marca. Meu fetichismo se agravava.

— O que é preciso? — perguntei um dia.

Era sexta-feira, três da manhã, dia de fechamento. Eu e ela, por casualidade, os últimos a sair da redação. Luísa não entendeu a minha pergunta.

— O que eu preciso fazer para ser seu amigo?
Luísa, perplexa com a minha pergunta, disse apenas:
— Isso é uma grande bobagem.
Luísa reduzia tudo ou quase tudo a "uma grande bobagem", mas eu não era tão olímpico e dava importância às menores coisas.
— Você não gosta de mim.
— Sabe que horas são? — perguntou Luísa, consultando o relógio.
— Por que você me evita?
Luísa, incomodada com a minha pergunta, fingia perplexidade.
— Eu evito você?
— Você sabe que sim.
— Eu estou morrendo de cansaço, e você também. Segunda a gente continua o papo — disse, voltando-me as costas e caminhando rapidamente em direção ao seu carro.
— Posso abrir a porta pra você entrar?
Luísa começou a rir, ridicularizando meu gesto, fazendo-me sentir um idiota. Ela não tinha medo de perder o emprego.
— Quem você pensa que é? A Grace Kelly?
— Não — disse Luísa, apagando o sorriso.
— Eu estava apenas querendo ser gentil.
— Você é muito gentil, mesmo sem abrir a porta do meu carro. — E deu-me um beijo rápido no rosto.
Luísa entrou no carro, teve um movimento de hesitação antes de dar a partida, olhou para mim do lado de fora e disse apenas "tchau", deixando-me sozinho no estacionamento vazio, perfeito cenário para Antonioni rodar uma longa e angustiada cena com a Monica Vitti em primeiro plano. Mas eu não era Monica Vitti, estava no Brasil e precisava fazer alguma coisa antes que aquela mulher me enlouquecesse. Naquela mesma madrugada conheci Branca, dançarina da Boca, esguia como Luísa. Depois de um mês, mudou-se para minha casa.
— Sem compromissos — adverti.

— Tudo bem.
Lavava, passava, cozinhava. Arranjo quase perfeito se não insistisse em saber quem era Luísa.
— Eu sei que você não trepa comigo. Trepa com essa tal de Luísa.
— Sem compromissos, lembra?
— Lembro, porra! Mas já estou de saco cheio de ser chamada de Luísa!
Para se vingar voltou ao emprego, procurou antigos clientes e descuidou do serviço da casa. Mas a situação só começou a se tornar incômoda quando uma noite, chegando, deparei com um Odair José na picape, cantando "Pare de tomar a pílula". Tive um estranho pressentimento.
— Vai vendo um lugar para você porque aqui não dá mais.
Foi embora, não sem antes deixar um bilhetinho, comunicando, entre outras coisas, a iniciação do meu filho. "Pelo menos ele me chamava de Branca." Pelo menos o crédito de ter patrocinado a iniciação sexual do meu filho com uma profissional competente. Se Berenice soubesse, ficaria horrorizada.
— Por que você casou com a minha mãe? — perguntou meu filho quando fez dez anos.
— Coisas da vida.
Não ia dizer ao garoto quando, como, onde e por quê. Fazia uma semana que ela tinha chegado de Uberlândia quando nos conhecemos na pensão. Dois meses depois ela comunicava a gravidez. Eu era jovem, romântico e fiquei aterrorizado com a perspectiva de passar o resto dos meus dias com um equívoco de banheiro. Mas dona Julita, *patronesse* de vários equívocos, encarregou-se de comunicar às famílias o "lamentável acontecido", pedindo "perdão para os desvarios da mocidade". Num dia frio de junho, Berenice e eu nos casamos no cartório de Santa Cecília, tendo dona Julita e Carlinhos como testemunhas. A emoção foi tanta que ela perdeu a criança. Anos depois, quando eu disse que ia embora de casa, ela comunicou que estava grávida de quatro meses. Podia estar grávida de nove, eu não teria percebido. Sua imagem mais

aproximada é a Vênus hotentote, em exposição permanente no Museu do Homem, em Paris. Fecha às segundas-feiras.

Em meados de 1975, Luísa entrou na minha sala com um sujeito alto, muito magro, de cabelos escuros e compridos, presos num rabo de cavalo que ia até o meio das costas. Pensei que fosse irmão dela. Não era. "Este é Décio, um crítico e um amigo muito querido." Ela sugeria o crítico amigo para fazer resenhas literárias, embora ele também pudesse cobrir cinema, teatro e artes plásticas. O currículo dele era de fazer inveja ao Amorim.

Nair entrou com três cafezinhos e me surpreendeu mais uma vez derretido diante de Luísa. Décio recusou o café. "Estou tentando parar de fumar." Quando eles saíram, Nair entrou para recolher os copos e censurou-me.

— Não fica bem pro senhor, seu Rogério. A moça é casada. Está todo mundo reparando.

— E você, quando casa? — perguntei, desconversando.

— Ano que vem.

Fazia oito anos que Nair casava "ano que vem". O noivo era arrimo de família, a mãe dele era doente, e a conta da farmácia aumentava todo mês. O tempo passava, e Nair, murchando, continuava encastelada na sua virgindade.

— Vem cá, Nair. Você é mesmo virgem?

— Pela alma do meu pai, seu Rogério! O Jairo é muito sério!

— Mas nem intimidades de noivos?

— Intimidades de noivos, sim, porque ninguém é de ferro!

Nair gostava muito de Luísa. Depois gostou de Décio, embora ele só fosse uma vez por semana à redação.

— Você quer mesmo ser *freelancer* o resto da vida? — perguntei-lhe.

— É só o que eu quero.

— Alguém já disse que você é parecido com Lord Byron?

— E tão angustiado como ele. Só não escrevo poemas, mas, como já passei por todas as fases, quem sabe um dia...

— Parece que você conhece Luísa há muito tempo...

— Uma enormidade...

— Tanto assim?
— Desde que ela ainda morava com o Paulo...
Tentei manter a naturalidade, como se dominasse todos os segredos da vida de Luísa, embora a informação me tivesse atingido como uma porrada no baixo-ventre. Não havia dúvida de que Luísa afetava meu sistema circulatório, minhas gônadas e meu metabolismo basal. Antes que o silêncio nos constrangesse, Nair entrou sorridente com o café, e eu disse: "Que seria de mim sem você?". Ela abriu ainda mais o sorriso, deixando entrever nos pré-molares superiores os ganchos prateados da ponte móvel, sem a qual ela não sorriria tanto.
— Que que é isso, seu Rogério?
Fazia dez anos que ela me acompanhava de emprego em emprego, um perfeito cão de fila, como dizia Carlinhos, que também gostava de Nair, ao contrário do meu patrão, que não gostava dela. "Não tem cabimento, um homem no seu cargo com uma secretária escrota dessas. Só falta a sandália havaiana, porque até de bobes na cabeça ela já veio trabalhar."
Eu merecia Nair. Ambos nos merecíamos.
— Tá doce do seu gosto?
— Não tomo café — respondeu Décio, num belo sorriso sem pontes ou pivôs.
E Nair saiu bamboleando os quadris em seu passo apressado.
— Mas você estava dizendo que conhece Luísa desde que ela vivia com o Paulo... Paulo do quê?
— Paulo Cavalcanti, um chato. Graças a Deus está morto.
Concordei imediatamente.
— E o Mário?
Décio deu de ombros.
— O que eu posso dizer do Mário?
— O mais importante é que eles se dão bem.
Décio me olhou, incrédulo.
— Bem, sabe-se lá... entre quatro paredes, como dizia Sartre... — Você quer mesmo a minha opinião?

Era só o que eu queria.
— Luísa é louca! — confidenciou.

A princípio, eu não ia à missa do Vlado. Luísa me olhava incrédula, quase indignada. Luísa de preto, como convinha, me chamava de covarde. Na saída, insisti: "Tome cuidado". Foi com o Torres e o Amorim, apesar dos conselhos de Nair: "A cidade está que é um horror de cachorros e polícias". Nair não foi à missa porque o Jairo não gostava de confusão. Na última hora, resolvi ir. Não por causa do falecido, mas por Luísa. Se lhe acontecesse alguma coisa, eu estaria por perto, embora não fosse adiantar muito eu estar por perto se lhe acontecesse alguma coisa. Na catedral, Carlinhos me abraçou, comovido.

— O Amorim está do outro lado — disse, tirando um lenço para enxugar as lágrimas. — Tempos sombrios — completou.

— Luísa está com o Amorim?

Carlinhos ficou furioso. Não era o lugar nem o momento para eu pensar em Luísa. Encontramo-nos na saída. Luísa ao lado de Torres, muito surpresa quando me viu.

— Pensei que você não viesse — observou com ironia.

Não respondi. "Tempos sombrios", repetia Carlinhos. Décio alcançou-nos perto do Viaduto do Chá. Luísa abraçou-o, e eles seguiram à nossa frente. O trânsito intenso, a cidade vigiada, e eu, em frente ao Municipal, acordando para a frase de Carlinhos, "Tempos sombrios". Ali estava eu, um perfeito paspalho, correndo atrás de uma mulher que ignorava a minha existência, fingindo estar irmanado ao luto dos democratas. A consciência dessa hipocrisia me fez sentir um rato.

— Para onde estamos indo? — perguntou Décio.

— Pra casa do chefe — respondeu Amorim.

O chefe era eu. Não que tivesse feito um grande esforço, mas as coisas pareciam se desenrolar a despeito de mim, mesmo as que me diziam respeito. Era um medíocre e confessava-o. Só não revelava que todos os dias agradecia secretamente aos meus superiores o cargo que me haviam confiado e que também, todos os dias, me torturava com a possibilidade de que eles descobrissem a grande fraude que eu era. Não seria fácil, caso perdesse o emprego, voltar a enganar tantos, durante tanto tempo. No elevador, entrei em pânico. Tinha deixado meu pijama no sofá da sala, e, o que era pior, minhas pílulas para prisão de ventre estavam bem à vista, na pia da cozinha. Aterrorizado com a possibilidade de expor Luísa às pequenas misérias do meu cotidiano, apressei-me em pedir desculpas pela "bagunça".

— A empregada está doente — menti.
— Esta casa é você — disse ela.

Estava longe de ser uma observação lisonjeira. Carlinhos, muito à vontade, tirava o gelo. Torres servia-se de cerveja. Luísa examinava a estante com Amorim.

— Ele deve gostar um bocado de Schopenhauer — comentou Luísa.

Amorim pigarreou. Schopenhauer tinha a sua importância. Influenciara Nietzsche e Freud, o que não era pouco.

— Freud negou essa influência, mas é claro que ele, e todo mundo daquela geração, foi contaminado pelo pensamento pessimista, a vontade irracional, o impulso sexual e todas essas papagaiadas. Aliás, consta que Schopenhauer era um tremendo glutão.

— Isso é tão importante? — perguntou Décio, examinando os discos.

— *Who knows what evil lurks in the hearts of men?*[*] — considerou Amorim.

— Eu só não entendo — dizia Carlinhos enquanto servia o uísque — como o Rogério consegue conciliar a filosofia com as putas que ele traz para casa.

Luísa voltou-se para mim curiosa, e eu corei. O constrangimento foi dissimulado pelo meu falso interesse no

---

[*] Em tradução livre, "Quem sabe que mal se esconde no coração dos homens?", abertura da radionovela *The Shadow Radio Show* [O programa de rádio do Sombra], de 1937, capitaneada por Orson Welles (1915-1985). [N.E.]

discurso de Amorim. Schopenhauer concebia a realidade como um jogo de máscaras. O "Adagio" de Albinoni encheu a sala. Décio, que escolhera o fundo musical, sorriu para Luísa e distraiu sua atenção.

— É *mid-cult*, mas eu adoro — desculpou-se.

Carlinhos não entendeu uma palavra.

— O que foi que ele disse?

Luísa sorriu para mim com ar de cumplicidade, e eu devolvi o sorriso encantado e grato pela primeira expressão de intimidade que Luísa me oferecia.

— Onde você costuma guardar aquelas maravilhosas pílulas para prisão de ventre? — perguntou Carlinhos, jogando-me um balde de merda na cabeça.

— Estão na cozinha, perto do filtro — respondi rapidamente, sem coragem para enfrentar Luísa.

— Eu me defendo bem com mamão pela manhã — considerou Amorim.

Décio, que não parecia sofrer de prisão de ventre, e Luísa, que não devia defecar como o resto dos mortais, olhavam os quadros na parede. Eu me sentia vasculhado, autopsiado, julgado. O "Adagio" pontilhava o meu embaraço, e Amorim, como de praxe, postou-se ao lado de Luísa, a única interlocutora à altura de sua erudição.

— Então você gosta de Schopenhauer? — disse Amorim pomposamente.

— Não gosto.

— Ótimo, eu nem gosto de filosofia.

— Eu gosto.

— Quem, por exemplo?

— De Montaigne, por exemplo!

— Porra, só está faltando alguém servir o chá! Que merda de papo é esse num dia como hoje? — protestou o Torres.

E começou a discursar. Para ele, a única questão verdadeiramente séria e moral para ser discutida naquele dia era a liberdade. Amorim, cofiando os bigodes, propunha a vida eterna, e Carlinhos, enfastiado, propôs uma pizza.

— Dá para ligar para um boteco da esquina e pedir uma de muçarela?

Carlinhos nos devolveu ao trivial, e o Torres, silenciado, aproveitou a pausa para acender seu abominável charuto. Carlinhos, visivelmente incomodado com a fumaça, pediu que eu colocasse na vitrola "os trabalhos e os dias".

— Você quer dizer *As horas do dia* — corrigiu Amorim.

— Não é a mesma coisa? — retrucou ele no segundo espirro.

Luísa deu uma gargalhada.

— Está se divertindo? — perguntou Décio, apertando-lhe a mão.

Luísa divertia-se na minha casa. Eu não cabia em mim. Carlinhos olhava nauseado para o charuto do Torres.

— Se ao menos fosse cubano...

— Ninguém reclamou até agora. Só você — respondeu o Torres, magoado. Por via das dúvidas, apagou o charuto. Afinal, no nosso ramo ninguém sabe o dia de amanhã.

A pizza chegou, e sentamo-nos à mesa iluminada apenas por duas velas.

— Não gosto de luz direta — tinha dito Décio, improvisando castiçais com garrafas vazias. Cuidei que Luísa sentasse ao meu lado, mas, enquanto fui buscar o saca-rolhas, Carlinhos se apossara da minha cadeira. Sentei-me ao lado do Amorim, que abriu o vinho e brindou aos mortos. Luísa, dourada à luz de velas, murmurou "É ótimo", referindo-se ao vinho. E era mesmo. Eu gastava vinte por cento do meu salário em vinho francês. Décio comentou sobre o quadro que compúnhamos.

— A luz, parece Latour...

Luísa concordou com a cabeça e mais uma vez sorriu para mim.

— Você precisa ter um papo com o Sérgio! — disse Carlinhos, interrompendo a minha levitação. — Aquele filho da puta está enrabichado por uma estagiária.

Carlinhos soubera do caso do Sérgio num almoço com Fernando e ligara aflito por causa da Bernardete e das crianças.

Eu não me sentia muito à vontade em conversar com o Sérgio e sabia exatamente qual seria a sua reação. "Porra, qual é a tua? Não era você que ficava fazendo pregações contra o casamento?"

Era. Até conhecer Luísa. Nos últimos tempos, entregava-me a fantasias domésticas. Eu chegando do trabalho, e Luísa preparando meu martíni seco: "Com ou sem azeitona?". Luísa de *robe de chambre* me trazendo o *breakfast* na cama. Eu cortando a grama do jardim, e ela chegando com as crianças na *station wagon*. Tudo isso, é claro, acontecia em Connecticut, e eu era editor da *Time*.

— Porra, Torres! Aqui na mesa, não!

Torres, derrotado, apagou o charuto pela segunda vez, e pela segunda vez eu baixava à Terra. Luísa brincava com a rolha, de olhos baixos. Décio pegou-lhe a mão e perguntou "Tudo bem?". Ela encolheu os ombros e afastou sua mão. Décio insistiu, e ela voltou a esquivar-se delicadamente. Por alguns segundos, senti que nenhum de nós, além de Luísa e seus pensamentos, ocupava aquela sala.

— Um cara assassinado, a situação se agravando, e nós aqui nos divertindo. O que se festeja? A queda da ditadura? — ruminou Torres.

— Sabe o que você é, Torres? Um chato! Porra! Não adianta chorar! Adianta fazer alguma coisa? Eu não sei o quê... eu sempre fui muito cagão...

— Gosto de você — disse Luísa, tocando fundo Carlinhos.

— Eu também gosto de você, neguinha — respondeu Carlinhos, beijando rapidamente a mão de Luísa e pegando em seguida o guardanapo para limpar a marca do beijo engordurado.

Luísa sorriu. Amorim leiloou o último pedaço de pizza, e eu, em êxtase, deixei-me tomar pela cálida impressão de pertencer a uma amável confraria. Luísa olhou para mim, e eu pensei: "Obrigado por você existir". Luísa tranquila. A muda gratidão por sua proximidade.

— Marga vem aí. Talvez precise de ajuda — participou Luísa a Torres.

— Eu não tenho tão boas relações no DOI-CODI, mas vamos ver o que é possível fazer.

— Mário vai mandar um advogado ao aeroporto, mas seria interessante que a imprensa também estivesse lá. Discretamente. Só para o caso de acontecer alguma coisa.

Marga chegou, e não aconteceu nada imediatamente. Dois dias mais tarde, foi chamada a depor. Duas horas de interrogatório brando e, depois, dispensada. Na verdade, sua participação no movimento armado tinha sido bastante modesta, quase irrelevante.

Quando Mário ligou dando a boa notícia, Luísa me abraçou e agradeceu o "empenho". Eu não tinha feito mais que mandar um repórter e um fotógrafo, mas era "ótimo". Mário era "ótimo". Marga era "ótima". Eu precisava conhecê-la — "Tenho certeza de que vocês vão se adorar".

Tornei-me amigo de Marga por causa de Luísa, e de fato nos adoramos. No entanto, não era fácil ser amigo de Marga. Ela exigia posições de todo mundo: não bastava subvencionar o jornal, comprar rifas, assinar listas, subscrever abaixo-assinados. Marga exigia a minha presença em reuniões, comitês, assembleias.

— Não tenho tempo pra isso, Marga.

— Mas você tem que ir. É muito importante.

— A energia dela me cansa — dizia o Torres.

Torres divertia-se em comprar o jornal para acintosamente jogá-lo no lixo. As discussões entre eles eram intermináveis. Torres fingia seriedade. Marga levava tudo muito a sério. No final, os ataques eram pessoais.

— Homossexualidade latente, processo histórico, relação dominadora: isso é linguagem para as mulheres de periferia?

— Elas são menos idiotas que você. E, se você não gosta do jornal, por que faz tanta questão de comprar?

— Pra ajudar a manter na imprensa nanica os profissionais incompetentes.

Luísa irritara-se com o comentário maldoso de Torres e, depois que Marga saiu, foi discutir com ele.

— Foi uma brincadeira. Não pretendi ridicularizar o "apostolado" da sua amiga.

— Ela é melhor que todos nós.

— Ora, não venha com essa. Você não suporta o gênero tanto quanto eu.

— Eu não suporto é a gente. Este individualismo cansado já me encheu o saco.

Luísa afastou-se para a sua mesa, desolada. Ficou em silêncio pelo resto da tarde e na saída ainda continuava abatida. Esperávamos ambos o elevador, e ela esboçou um sorriso triste.

— Você pode me dizer o que está acontecendo com as pessoas?

— A especialista em decadência não é você?

— Aonde você vai? — perguntou ela. — Agora — frisou.

— Pra casa.

— Quer jantar comigo?

Entrei no primeiro restaurante antes que ela mudasse de ideia.

— Você gostaria de morar em Connecticut?

— Que pergunta estranha...

— Dizem que o outono é muito bonito lá...

— E qual seria outra vantagem? — contra-atacou Luísa, olhando-me divertida.

Com aquela pergunta Luísa matava as minhas fantasias de morar na Nova Inglaterra e ser editor da *Time*.

— Raul aprecia muito seu marido.

Luísa ergueu os olhos, intrigada com a observação. Fazia apenas uma semana que Raul trabalhava na revista.

— Como você sabe?

— Perguntei.

— Você é muito indiscreto.

— Indiscreto não é o que faz perguntas.

O *maître* se aproximou, e eu pedi o melhor vinho. Desculpei-me com Luísa pela carta modesta. Ela merecia um vinho melhor.

— Você me superestima. Eu não sou nada daquilo que você pensa que eu seja.

— Dê-se a conhecer.

— No sentido bíblico? — perguntou com um sorriso maroto.

Luísa me desconcertava e sabia disso. Fui salvo pela lasanha, embora tivesse pedido canelone. Não protestei.

— Você costuma pagar? — perguntou Luísa.

— O quê?

— As mulheres que você leva para casa.

Fiquei paralisado.

— Foi só uma pergunta, Amado Júnior.

Eu conhecia a peça e não gostei da comparação.

— Você não quer me levar para a cama? — ela perguntou.

Eu não podia acreditar no que estava ouvindo. Estava a ponto de escorregar como uma geleia de minha cadeira para o chão quando ela propôs que fôssemos para minha casa ouvir "os trabalhos e os dias".

— Você está falando sério?

— Gosto de Telemann — disse ela com um sorriso angelical.

Mas na minha casa Luísa não quis ouvir Telemann. Mal fechei a porta, ela seguiu para o meu quarto e começou a tirar a roupa com uma desenvoltura surpreendente. Eu estava chocado. Supunha Luísa mais frágil, mais tímida, avessa a luzes fortes, carente de proteção. Seu desembaraço e seu despudor me intimidavam, e, o que era pior, ela parecia se divertir com isso.

— Quer um uísque? — perguntei, na falta de outra proposta mais interessante.

— Depois.

O depois não aconteceu. Tirar o paletó foi fácil, mas o cinto enrascou no cós algumas vezes até que eu decidisse retirá-lo pelo lado da fivela. O zíper da calça enguiçou e, ao tentar arrebentá-lo, tropecei. Luísa assistia deliciada ao meu desajeitamento, e eu forcei um sorriso numa tentativa canhestra de fazê-la acreditar que eu também me divertia. De resto, seria inútil qualquer empenho sexual da minha parte. Nem beijando seus pés, nem sentindo-lhe os ossos proeminentes dos quadris, nada seria capaz de me fazer esquecer a vergonha do cinto, do zíper e do tropeço. Após dez minutos de tentativas, escorrendo de suor, deitei-me ao seu lado. Nunca a expressão "a carne é fraca" me pareceu tão verdadeira. Não sabia se lhe dizia "isso nunca me aconteceu", porque seria mentira, ou se não lhe dizia nada, o que talvez fosse pior. Mas Luísa não esperou as desculpas nem as explicações. Vestiu-se e foi embora. Antes de sair, voltou-se e disse, com uma nota de malícia, "Até amanhã, Schopenhauer", propondo um enigma que nem a *Enciclopédia Britânica* conseguiu resolver. No dia seguinte, comprei rosas vermelhas e escrevi no cartão: "Desculpe por ontem". Não acrescentei "Quero outra chance" porque estava implícito. Eu entrava no duelo e escolhera as armas: flores. Em vez disso, ela me olhou com estranheza e perguntou: "Ontem? Que foi que aconteceu ontem?".

— Desculpe... eu não vou dizer o que todo mundo diz. Só não queria que acontecesse com você.

Luísa, aturdida, parecia não compreender.

— Ontem, onde?

— Na minha casa...

— Na sua casa? — perguntou Luísa, espantada.

— Aonde você foi ontem à noite, Luísa?

— A um jantar chatíssimo no Clube Nacional.

Quando ela saiu, as costas da minha camisa estavam pregadas na cadeira. Eu suava frio, copiosamente. Meu aspecto devia ser impressionante porque Nair, ao entrar com o café, perguntou assustada se eu estava tendo um enfarte.

Comentando com o Carlinhos o estranho ocorrido, fiquei pior.

— Luísa dormindo com você! Pois sim!

— Mas eu não consegui... eu não consegui...
Almoçávamos no Brahma, como de hábito. Carlinhos olhava para mim compadecido e falava docemente, medindo as palavras a cada frase, cuidadoso e inseguro como um psiquiatra recém-formado diante do primeiro cliente.
— Eu acho que você devia tirar umas férias. Uns quinze dias no Rio... Ou na Europa... Por que você não vai a Salzburgo? Não é lá que tem aquele festival com que você sempre sonhou? Ou a Europa é muito longe?... Se você quiser, te empresto a minha casa em Ubatuba.
— E tem mais. Meu fetichismo está se acentuando. Tenho duas caixas com coisas de Luísa. Laudas, guardanapos de papel, bilhetinho sobre assuntos de trabalho, copos de café e um lenço. Arrumei uma cópia da chave da mesa dela e de vez em quando roubo um lápis. Ela morde as pontas dos lápis quando desenha.
— Você já pensou em procurar um psiquiatra? — perguntou Carlinhos com a voz embargada.
Carlinhos desistia. Como amigo, confessava, não podia fazer nada. Mas que eu procurasse um analista para me orientar. Pessoalmente, dizia, fazia restrições à psicanálise, mas, no meu caso, tinha que admitir... Procurei o Amorim, a única pessoa das minhas relações que tinha feito psicanálise durante anos e, o mais importante, recebera alta.
— Também, depois de quinze anos...
— Quinze anos? — perguntei em pânico.
— Quando não se tem família, analista acaba meio parente.
— Parente caro.
— Mas com a vantagem de que não te enche o saco mais de cinquenta minutos por dia.
Cinco dias por semana, durante quinze anos! A ideia, que a princípio me seduzira pela possibilidade de me libertar de Luísa, começava a me horrorizar.
— Como você conseguiu pagar, ganhando um salário de merda?

— Fazendo *freelance* de revisão de livros — respondeu Amorim.

Explicava-se finalmente a sua fantástica erudição.

— Quinze anos! O teu problema devia ser muito sério...

— Rejeição.

Passava da meia-noite, e estávamos no Redondo tomando cerveja. A revelação de Amorim me surpreendia e reforçava a minha crença de que a salvação era Freud. Ali estava um homem, paradigma do equilíbrio e da autossuficiência, que tinha resolvido um problema semelhante ao meu no divã do psicanalista. Aproximei minha cadeira e confidenciei-lhe que padecia do mesmo mal.

— Minha mãe não gostava de mim — prosseguiu Amorim, subitamente estimulado pela nossa intimidade.

Afastei a cadeira e pedi mais cerveja. Não era o mesmo problema. Eu sou primogênito de uma família italiana, e mamãe me adorou desde o momento em que dona Maria do Céu, parteira oficial de Marília, certificou-lhe de que eu era macho.

Carlinhos sugeriu então um reflexologista pavloviano. Ele conhecia alguns casos bem-sucedidos, "como aquele sujeito do jornal que morria de medo de andar de avião e hoje anda de avião pra cima e pra baixo".

— Luísa não é um avião!

— Ainda bem que você reconhece!

— Você não me entendeu!

— Entendi, sim. Aceite meu conselho: tire férias. Você está precisando urgentemente passar uns tempos longe dessa mulher.

No dia seguinte comuniquei a Luísa a decisão de sair por quinze dias.

— Só quinze?

Definitivamente, ela não iria sentir a minha falta.

Minutos antes tinha chamado Raul à minha sala para tentar saber dele o título do livro que Luísa estava lendo no momento. A informação parecia um excelente gancho para aquela conversa e talvez para muitas outras num futuro próximo.

— Estou pensando em levar *A montanha mágica*... — disse, acentuando a reticência.

Luísa me olhou com um leve espanto e, quando eu imaginava que iria discorrer sobre as nossas afinidades, veio o balde de água fria.

— Leve uma coisa mais leve. Um policial ou um *best-seller*.

— Por quê? — perguntei, atônito.

— *A montanha* é uma sondagem densa, profunda, em alguns momentos até maçante. Você precisa de uma leitura mais digestiva.

Em outras palavras, *A montanha mágica* não estava ao alcance da minha inteligência ou, quem sabe, da minha parca compreensão da alma humana. O telefone tocou. Era Sérgio, perguntando quando podia começar a trabalhar. Tínhamos acertado sua contratação na semana anterior.

— Pode começar segunda-feira.

— Qual editoria?

— Finanças.

— Você não tem nada mais interessante para me oferecer? Corte e costura, doces e salgados, plantas e flores?

— É pegar ou largar.

— Tá pego.

Desliguei o telefone e convidei Luísa para passar o fim de semana em Ubatuba. Ela sorriu, intrigada.

— Com a família inteira, inclusive o marido.

— Acho que não vai ser possível.

— Marga vai — disse para tentá-la, mas a menção do nome de Marga não reforçou nenhuma promessa. Tentei Raul.

— Raul vai? — perguntou Luísa, surpresa.

— Se puder se libertar de um compromisso.

Luísa sorriu condescendente e me desejou boas férias. No final do expediente, Raul entrou para agradecer e declinar do convite. Teria os próximos fins de semana ocupados.

— Caso sério?

— Caso perdido — respondeu, desolado. — Mas eu sou perseverante.

— Você também é capricórnio?

— Eu? Que ideia!

(Por que Raul parecia tão aliviado com o fato de não ser capricórnio?)

Astrologia. Eis um tema de leitura interessante para as minhas férias! Naquela mesma noite comprei alguns livros sobre a matéria. Eu estava decidido a me instruir com tanta aplicação que talvez fosse possível, nos próximos quinze dias, traçar o mapa astral de Luísa para enfim entendê-la. Transformaria essa tarefa na minha montanha mágica.

Na pior das hipóteses, o novo conhecimento não seria inútil. Já podia me ver, aposentado, mantendo uma coluna diária, escondido atrás de um pseudônimo hindu ou cigano. E teria levado esse projeto adiante se na primeira tentativa não tivesse sido derrotado pela matemática: os sete graus de Saturno eram uma abstração acima da minha capacidade de compreensão. Restou-me como alternativa a biblioteca de férias da Lalá. E foi assim que conheci Barbara Cartland.

Marga desceu no primeiro fim de semana e elogiou a camisa com palmeiras, presente de aniversário de Nair. Mas à noite fazia frio e eu vestia um suéter com os cotovelos puídos, que sempre despertava a sua censura. Eu não era tão pobre que precisasse usar "aquilo".

— Luísa tem razão em te chamar de Amado Júnior — disse Marga, arrependendo-se imediatamente de ter citado o nome de Luísa.

Marga sabia da minha "fixação" e tinha muita pena de mim. Brindava-me com palavras de consolo, aconselhando-me a tirar Luísa da cabeça, e também sugeria um analista.

— É um problema de baixo-ventre. Também.

Acentuei o *também*. Para o bom entendedor que Marga era e ainda é.

— E depois há aquele jantar, a ida à minha casa e o meu fracasso...

— Na sua imaginação.

— Para mim foi real. Pelo menos senti como se fosse — disse, menos convicto do que alguns meses antes, mas ainda muito confuso.

Naquele fim de semana pedi Marga em casamento. Ela riu, mas eu já me acostumara a provocar gargalhadas nas mulheres que pedia em casamento. Só Berenice não riu, mas, pensando bem, eu não a pedi em casamento.

— E por que não? — insisti.

Marga voltou a rir da minha proposta, uma proposta honesta. A solidão começava a pesar. A gente jogava xadrez e podia coabitar sem que um enchesse o saco do outro.

— Um arranjo?

— E todo casamento não é um arranjo?

Ela achava que não e recusou minha mão. Aconselhei-a a refletir. Curiosamente, um mês atrás ela retomou essa conversa de tantos anos e me perguntou se ainda estava de pé. E riu mais uma vez do seu jeito amargo, e mais uma vez eu fiquei ressentido com a ironia. Marga jamais me viu como homem. Para ela meu órgão reprodutor reduzia-se a um discreto pênis usado preferencialmente para urinar.

— • —

Na volta das minhas férias encontrei Sérgio plenamente integrado na redação. Poucos meses depois estava desfrutando de uma familiaridade com Luísa que eu não conseguira em dois anos de convivência diária. Olhando para ambos, comecei a me dar conta de quanto tinha sido ingênuo imaginando que Luísa e Sérgio, trabalhando na mesma redação, pudessem ignorar-se. Mais do que ingênuo, eu era um tolo por abrigar a esperança de um dia me tornar interessante aos olhos de Luísa.

— Se eu fosse você, não ficaria tão preocupado — dizia Carlinhos. — O Sérgio é pé de chinelo demais para Luísa.

Talvez não fosse. Sérgio não cabia em si. Alguma coisa dentro dele inchava, crescia, maior do que ele, agitando-o, afetando o seu pouco controle. Perto do verão, tornou-se mais inquieto. Nunca foi tão loquaz, nunca me interrompeu tanto, nunca levantou tantas questões impertinentes. Ria demais, entrava subitamente em crises de depressão que não duravam mais de dez minutos, provocava mais do que o usual os colegas de redação. Essa coisa grande que crescia dentro dele, eu não percebia, era seu amor por Luísa.

Marga desencorajava qualquer desconfiança. Sérgio não era o gênero de Luísa. Luísa não iria se expor diante da redação. Portanto, dificilmente aquela amizade repentina entre Luísa e Sérgio se transformaria num caso.

— Vou entrar no amigo-secreto — comuniquei a Marga.

Naquele ano a redação inteira participava do amigo-secreto, para gáudio de Nair, a eterna organizadora dos festejos natalinos. Mas naquele ano eu ia entrar pela simples razão de que Luísa entrara.

— Você está muito perturbado — observou Marga.

— Estou. Não é uma sensação de todo má...

— O amor perde as pessoas, na maior parte das vezes.

Marga dissuadia-me mais uma vez, mas, como sempre, fiz ouvidos moucos. A correspondência com Luísa durante o amigo-secreto não foi muito estimulante. O entusiasmo dela estava localizado em outro missivista, que eu suspeitava ser Sérgio. Ainda assim, na véspera da festa de Natal, escrevi o último bilhetinho, convidando-a para uma contradança no dia seguinte.

— O senhor ainda gosta do Nelson Gonçalves? — perguntara Nair, responsável pelo *son et lumière*.

Eu ainda gostava de Nelson Gonçalves e sonhava com a possibilidade de dançar com Luísa. Não que fosse bom dançarino, era só o pretexto de tê-la em meus braços e talvez lhe sussurrar palavras de amor. Mas Luísa colidiu com Sérgio diante de mim, e foi com ele que ela dançou "A volta do boêmio". Discretamente saí da festa, mortificado de ciúme e precisando desabafar com alguém. Amorim seguiu-me, entediado da festinha, e pediu uma carona até sua casa.

— Vamos beber alguma coisa por aí — convidei.

— Eu adoraria, mas daqui a duas horas tomo o ônibus para Águas de São Pedro.
Amorim ia viajar porque odiava o Natal. De um orelhão da praça da República liguei para Carlinhos. A família inteira viajaria para Ubatuba, e ele só não me convidava porque a mulher ia levar o irmão e a cunhada. Lembrei-me de Marga, mas resolvi poupá-la das minhas lamentações. Eu estava sentindo a solidão do Natal sem família pela primeira vez. Pensei em ligar para meu filho, mas tive medo de que Berenice atendesse e também se queixasse da solidão. Nossas solidões eram irreconciliáveis, e eu não queria correr o risco de aceitar o convite para a ceia. Rumei para o Teatro Santana e terminei a noite com uma *stripteaser*. Dizia chamar-se Kátia e, tanto quanto eu, sofria a solidão do Natal.
— Tem panetone? — perguntou.
Ante a resposta negativa, começou a chorar. Contrariamente aos meus hábitos, não perguntei por quê. Minha angústia pessoal era bastante e suficiente para manter baixo o nível da minha depressão. Ofereci-lhe uma pílula para dormir. Era o máximo que eu podia fazer por ela e por mim naquele momento.
Dias depois, Marga me procurou e pediu detalhes da festa na redação. Checava informações, mas preferi desconversar. Eu ainda não sabia exatamente o que significara aquela festa de Natal para Sérgio e Luísa, mas estava claro que Marga sabia de alguma coisa. Com medo da verdade, me escusei de sondar. Na semana seguinte, mais refeito, resolvi ficar atento.

Sim, Sérgio estava apaixonado. Luísa, eu não sabia. Entrava na minha sala muitas vezes com o rosto afogueado e fazia declarações. "Gosto de você", e sentava-se em frente a mim, balançando o pé, muito excitada. Luísa brincava, e eu estava cada vez mais agastado com a sua intimidade com Sérgio.
— Sobre aquela noite, Luísa, eu preciso saber sobre aquela noite. Nós fomos jantar, e você pediu para ir à minha casa, não foi?

Luísa ria e saía da sala. Na redação, Sérgio estava à sua espera. Luísa no verão, a pele dourada, eu estava atormentado. Chamei Raul, o confidente de Luísa.

— Você não está achando nada de estranho na sua amiga? — perguntei.

— Ela é maníaco-depressiva. No momento está na fase maníaca.

Luísa riu alto, e nós dois nos voltamos. Luísa ao telefone, quase deitada sobre a mesa. Mandei chamar o Borges e pedi que ele fotografasse Luísa sem que ela percebesse. Ela nunca foi tão bonita como nesse verão. Luísa de corpo inteiro, de preto, como convinha. Ampliei a foto e coloquei-a em frente à minha cama.

— Isso é autoflagelação — comentou Marga diante do retrato.

— Com quem ela está falando? — perguntei, referindo-me à expressão travessa de Luísa.

Marga deu de ombros e mudou de assunto. Sabia de alguma coisa e parecia contrafeita. Insisti na euforia de Luísa, na intimidade com Sérgio. Ela apenas olhava a foto, terna e preocupada. Talvez Marga estivesse apaixonada por Luísa, como todos nós.

Dias depois, ao jantar, ousei revelar essa impressão.

Marga ergueu o copo e propôs um brinde à estranha declaração. Ela nunca escutara absurdo maior.

— Você está louco!

Claro que estava, mas a loucura se apoia numa bizarra forma de lucidez. O óbvio talvez me escapasse, não as nuanças sombrias. E sabia que todos os demônios — não apenas os meus, mas os de Sérgio, de Luísa — estavam soltos.

Em meados de maio, quando Marga entrou na redação e lembrou a todos nós o aniversário próximo de Luísa, tive um pressentimento de que essa data seria funesta.

— Vamos sair! — dizia Marga, tentando romper a tristeza de Luísa, uma tristeza inexplicável para mim, que já vinha de algumas semanas.

— Combinei de jantar com o Mário.
— Não vai jantar com o Mário porra nenhuma! Vamos fazer o baile do *Abajur lilás*!

Não aconteceu o baile do *Abajur lilás*. Marga conformou-se porque Luísa decidira "receber". Na festa, apenas cinco convidados conhecidos. Luísa cansara-se de todos nós. "Amorim é um chato, o moralismo do Torres me cansa." E eu?

— Você é ótimo — disse no instante em que me convidou. Eu era ótimo. Talvez fosse um começo. Comprei flores e fui à festa, usando o melhor terno, a melhor gravata, a melhor colônia. Luísa abriu a porta e deparei com seus olhos ansiosos. Luísa, de preto, como convinha, segurou as rosas e beijou-me no rosto. Eu não cabia dentro da minha felicidade.

Na sala, só os rostos conhecidos de Marga e Raul. Mas não foi na sala que Luísa quis que eu ficasse. Deixei-me conduzir por Luísa até o escritório, onde estavam o marido e Sérgio, bebendo e falando demais. O marido estendeu-me a mão e disse "Muito prazer". Eu não tinha o mesmo prazer, mas estava curioso para conhecer o homem que dormia com Luísa. Elogiei o vinho, e ele agradeceu com um sorriso polido e uma observação qualquer sobre a safra que não me recordo mais. Minha atenção voltava-se para sua figura. Era um belo homem, e essa constatação me deprimia. Eu não tinha metade dos seus atrativos físicos, e, digam o que disserem, a beleza é fundamental. Restava aceitar os fatos. E os fatos se resumiam à minha derrota. Sérgio discorria sobre Paulo Cavalcanti em tons melodramáticos; retórico e aborrecido. Mário procurava dissimular a irritação. Eu não entendia por que Sérgio, que tão pouca importância dava aos movimentos armados, promovia à categoria de mártires e heróis da pátria as vítimas da repressão. Luísa entrou de repente. Notei que sua expressão estava alterada.

— Estão servidos? — perguntou, contida.
— Estávamos falando sobre o Paulo Cavalcanti — disse Sérgio.

Luísa fulminou-o e, resoluta, puxou-me pela mão e me levou até a sala. Eu não sabia o que Luísa pretendia e, enquanto percorria o espaço entre o escritório e o *living*, brinquei com a fantasia de que Luísa fosse me raptar. Mas não.

— Dance comigo esta música — disse Luísa, com uma expressão sinistra.

A música era "A volta do boêmio". Lembrava-me a festa de Natal.

— Sou péssimo dançarino — observei.

— Não faz mal.

Enlacei Luísa, embaraçado pela atenção que despertávamos. A música evocava a imagem de Luísa nos braços de Sérgio, eu me afastando magoado, um orelhão na praça da República me colocando face a face com a minha solidão. Deparei com o rosto aflito de Marga e meus passos confundiram-se. Sérgio, encostado a uma parede, parecia transtornado. Raul, apreensivo, caminhava na direção de Mário, também constrangido e incomodado. Os demais espectadores limitavam-se a rir dos meus tropeços.

— Quero parar — supliquei a Luísa.

Luísa não respondeu. Não havia em seus movimentos nenhuma intenção de me poupar. Mário abaixou a cabeça, e eu parei, envergonhado. Mas Luísa insistia em que continuássemos, com um sorriso malévolo desferido em Sérgio. "Por quê?", eu me perguntava. Por que me deixava manipular, dócil, pela vontade de uma mulher que me tornava ridículo aos olhos dos outros? Eu estava sendo usado para algum fim que me escapava. Ignorava o nome do jogo, mas não havia dúvida de que naquele momento eu era uma peça indispensável. Teria sido mais leal se Luísa me esclarecesse, e talvez eu até pudesse ser seu cúmplice se soubesse o objetivo. Teria entrado para brincar, e ambos nos divertiríamos. Mas eu estava destroçado, e Luísa não se divertira.

Quando a música chegou ao fim, beijei-lhe a mão e saí. Marga ensaiou um movimento de me seguir. Felizmente desistiu. Eu queria ficar sozinho.

Pouco tempo atrás, Marga perguntou-me o que eu fizera depois daquela dança. "Chorei", respondi.

Naquela noite, depois de assassinar Luísa muitas vezes e de diferentes formas, deitei-me na cama e desejei apenas que no dia seguinte ela entrasse na minha sala, totalmente esquecida do incidente, e que a vida prosseguisse como todos os dias: Luísa sentada à sua mesa, balançando o pé, e eu agradecido por sua presença. Marga tinha toda a razão em dizer que o amor perde as pessoas.

E, quase como tinha desejado, Luísa entrou no dia seguinte na minha sala e pediu desculpas. Não pensou que eu fosse tão tímido. Sérgio entrou na sala, e Luísa sorriu para ele candidamente, deixando-me estupefato. Quando Luísa saiu, Sérgio tinha esquecido o assunto que o trouxera a mim.

— Bom dia — disse para despertá-lo.
— Bom dia.

E saiu para a redação. Cinco minutos depois, vi-os passar. Sérgio e Luísa, muito íntimos e sorridentes, em direção à mesa do café. Eu estava perplexo, passei o resto do dia perplexo e teria continuado assim se no meio da noite Raul não me tivesse ligado, em pânico, implorando que eu fosse à sua casa. Acabara de ser assaltado e espancado.

Recebeu-me aos prantos, pedindo desculpas por ter me chamado. Havia manchas roxas no rosto e nos braços, um filete de sangue escorria de sua boca. Quis levá-lo imediatamente a um pronto-socorro, mas Raul garantiu que não era preciso. Estava com a boca arrebentada, o sangue não se devia a nenhuma hemorragia. Ligara para mim porque estava precisando de apoio moral. Apenas isso.

— Quer dar queixa?
— Não... não posso e não vai adiantar.
— O que roubaram?
— Meu relógio, a corrente e o dinheiro que eu tinha em casa. Ele queria dólares — disse, apontando os quadros no chão.

Foi então que percebi que a sala estava totalmente revirada.

— Era só um?
Raul assentiu.
— Como foi? Ele tocou a campainha, você abriu e...
Não. Tinha conhecido o sujeito no banheiro de um cinema da cidade e convidara-o para ir à sua casa. Ele se expressava bem, era castanho-claro, quase loiro, e estava bem-vestido. Raul não poderia supor que fosse um marginal.
— É comum você trazer gente que não conhece para sua casa?
— É. Acho até que eu tive muita sorte até agora.
— Vamos dar um jeito na sua cara. Preciso de gelo e de um guardanapo.
Segui-o até a cozinha, onde reinava a mesma desordem. O assaltante tinha esvaziado as latas de mantimentos no chão.
— Tem gente que guarda dólares nos lugares mais improváveis. Ele parecia ter uma vasta experiência no ramo. Talvez fosse policial. Todos eles são iguais.
A silhueta de um gato apareceu na janela que dava para a área de serviço. As garras arranharam o vidro, a cabeça insinuou-se por uma pequena abertura. Raul abriu a porta e o gato pulou em seu colo. Era preto, com manchas brancas e alaranjadas, o pelo farto e sedoso. Tratava-se de uma fêmea.
— O nome dela é Natasha.
Ocupei-me do gelo enquanto ele servia leite à gata. Ela miou, gulosa e agradecida. Raul chorou mais uma vez, um choro silencioso, autocompadecido.
— Você gosta de gatos? — perguntou.
— Gosto mais de cachorros.
— Era de esperar.
— O último cachorro que eu tive morreu de inanição em Ubatuba. A minha mulher não quis ficar com ele quando nos separamos. Eu estava me mudando para um apartamento, não pude levá-lo comigo. Carlinhos, que gostava do bicho, se prontificou a ficar com ele, mas a Lalá acabou por despachá-lo para a casa da praia. Chamava-se Argos. Meu

primeiro cachorro também se chamava Argos. Foi presente do meu avô quando eu fiz quatro anos.

— Argos é um belo nome.

— Os italianos gostam de batizar os cães com nomes de rios e cidades. Argos é uma cidade grega.

— Conheço Argos. Não sobrou nada, como em Tebas.

É apenas um ponto no litoral do Peloponeso. Passa-se por Argos no caminho para Micenas. Esta gata quase se chamou Electra, mas Luísa sugeriu Natasha, por causa de *Guerra e paz*.

— Luísa gosta de gatos?

— Adora. Gostaria de ter um, mas o Mário não quer.

— E ela, como esposa obediente...

— Não se iluda. Luísa só faz pequenas concessões.

Voltamos para a sala, fiz Raul se deitar no sofá e coloquei uma compressa sobre seu olho direito. Apesar das circunstâncias e do caos, fazia muito tempo que não me sentia tão bem. Meu pai talvez tivesse razão em querer que eu fosse médico. Eu levava jeito.

— Ainda bem que a faxineira vem amanhã.

Raul sorriu para mim, confortado com a perspectiva da faxineira e provavelmente grato por meus cuidados. Antes de ligar para mim, telefonara para Luísa. Mas Luísa não estava em casa. Quase sucumbira à tentação de pedir socorro a Mário, só não o fizera por vergonha. A imagem do veado requintado que Mário fazia dele iria desmoronar no momento em que Raul lhe contasse a história do assalto.

— Luísa tinha saído?

— Ela nem tinha chegado em casa. Mário falou qualquer coisa sobre uma reunião no Sindicato... Você está sabendo de algo?

— Parece que se discute antecipação salarial.

— Que coisa estranha Luísa subitamente se interessar por discussões salariais. O que será que está acontecendo com ela?

— Se você não sabe, quem o saberia?

— Não se iluda com a nossa intimidade. Na verdade, ela só me procura para falar de coisas sem importância.

— Que tipo de coisa?

— Amenas superfícies. As profundezas competem a Marga.

Num primeiro momento supus que a observação de Raul fosse parte de uma trama qualquer para me colocar à margem dos fatos. Não se conversa sobre amenidades num tom tão cúmplice, nem se mantém uma amizade de tantos anos sem desvendar alguma confidência relevante. Talvez Raul estivesse apenas desconversando, como fazia todas as vezes que eu perguntava alguma coisa sobre Luísa. Tinha sido assim desde a primeira vez. Eu lhe perguntara sobre o casamento de Luísa, e ele divagara sobre as virtudes do marido. Mas Raul começou a falar sobre a festa de aniversário de Luísa e a fazer perguntas — a sua perplexidade era tão convincente e semelhante à minha que era impossível duvidar de sua sinceridade.

A gata apontou na porta lambendo os beiços e caminhou até Raul. Num pulo certeiro e macio, caiu em seu peito e se aninhou.

— Ela gosta de você — observei.

— Eu adoro gatos. Eles são bonitos, limpos, independentes, discretos e autossuficientes.

— Essas qualidades estão acabando com os felinos.

— Não sabia que você entendia de história natural.

— Quem entende de história natural é o Amorim, mas parece haver certa lógica no que ele me contou sobre os animais solitários e os animais gregários. Quase todos os felinos caçam sozinhos e vivem sozinhos, como se ignorassem o resto do mundo animal. O leopardo é tão egoísta que chega a carregar uma presa maior do que ele para cima de uma árvore só para não ter que dividi-la com os chacais. A solidão, é claro, acaba sendo uma faca de dois gumes, porque é muito mais difícil caçar sozinho do que em bando, e, sem a proteção dos companheiros, eles se tornam presa fácil para

os caçadores. Talvez por isso a maior parte dos grandes felinos esteja ameaçada de extinção.
— O gato não é um grande felino.
— Dos animais domésticos é o que guarda mais relação com os ancestrais selvagens.
— Acho que é exatamente isso que me agrada.
— As pessoas que gostam de gatos têm muito em comum com eles.
— Luísa também gosta de cachorros, de tartarugas, de papagaios... Luísa adora animais.
— Luísa é uma pessoa muito estranha. Gostaria de conhecê-la como você.
Raul sorriu.
— Eu não conheço Luísa, Rogério.
— Vocês se entendem muito bem.
— Mas desisti de conhecê-la.
— Eu sou capricórnio.
— Eu sinto muito que você esteja tão ligado a ela. Luísa vai magoar você.
— Tenho resistido bem.
— Meu Deus, você é capricórnio mesmo.

Pouco depois estourou a greve. Como era de esperar, a redação ficou vazia. Passei setenta e duas horas sem sair da empresa, mas a edição da revista acabou fechando, com a maior parte do material vindo das sucursais. O patrão exultava. Eu estava exausto. Três dias sem tomar banho, a barba crescida. De vez em quando, um ou outro aparecia para pegar alguma coisa esquecida na gaveta. O que mais me incomodava eram os telefonemas, os apelos do Torres, do Amorim, e os telefonemas anônimos me chamando de filho da puta. Carlinhos ligava duas vezes por dia do jornal. Os piqueteiros gritavam seu nome da rua. Passou mais de cem horas no jornal.

— E o Sérgio, aquele filho da puta, no megafone, inventou até a "Rádio Piquete", com correio elegante e tudo! Hoje me dedicou "Eu amo a sua mãe"!

Na madrugada de sábado, pouco antes das cinco, fui para casa. Tomei um banho demorado, um copo de leite e só despertei trinta e duas horas depois, com a campainha tocando. Olhei o relógio: quatro horas. Eu pensava que ainda era sábado. Abri a porta e deparei com Luísa.

— Meus parabéns. Conseguiu fechar a revista.

Convidei-a a entrar, ainda surpreso.

— Você é muito eficiente — continuou com ironia.

— Que dia é hoje? — perguntei.

— Domingo.

Caminhei para o banheiro, olhei para a minha cara no espelho e examinei a barba de muitos dias. Pensei vagamente na possibilidade de deixá-la crescer para agradar Luísa, mas Luísa estava magoada comigo porque eu não aderira à greve. Antes que me sentisse muito infeliz, entrei no chuveiro e deixei-me ficar. Na cozinha, Luísa fazia café. O silêncio de domingo me oprimia, e estava claro que Luísa jamais compreenderia a minha posição. Enrolei-me numa toalha e agradeci a gentileza do café.

— Muito açúcar ou pouco?

— Tanto faz — respondi.

Entrei no quarto para me vestir. Ela me seguiu com uma xícara na mão.

— Deixa aí. Depois eu tomo.

— O que é isso?

Luísa, atônita, olhava sua foto.

— Você no verão, sua melhor fase.

Luísa reconhecia-se, e um sorriso nostálgico apagou a sua secura.

— Eu gostava muito desse vestido...

— A que se deve o prazer de sua visita? — perguntei, interrompendo suas evocações.

— Primeiro você toma o café. Depois a gente conversa — respondeu Luísa, recobrando a seriedade.

— Imagino que você tenha vindo representando a redação.

— A redação não tem nada a ver com o fato de eu estar aqui. Não vim apenas solicitar a sua adesão, mas pra ver você.
— E solicitar a minha adesão.
— Não sei se tenho essa força.
— Não tem. Há muitas cabeças em jogo, e quero estar de bem com o homem para segurar a barra de vocês.
— O pessoal está magoado com você.
— Isso passa.
Sentei-me na cama e olhei Luísa contemplando a sua foto.
— Você ainda não se cansou? — ela perguntou, passando a mão na minha cabeça.
Abracei-a pela cintura, em beatitude.
— Quer casar comigo? — propus.
Luísa me beijou sem responder, e o gesto foi tão inesperado que eu a afastei.
— Você já esteve aqui, não esteve? — murmurei.
Ela deitou-se ao meu lado e não respondeu. Beijei-a de leve no pescoço e aspirei longamente o seu perfume. Acariciei seu ventre e seu sexo e comecei a chorar. Eu não iria conseguir nada, mais uma vez.
— Eu não imaginava que você pudesse gostar tanto de mim...
— "Na curva perigosa dos cinquenta derrapei neste amor. Que dor!"
— "Quarto em desordem." É um belo poema. É você, Rogério.
Luísa apertou minha mão e despediu-se com muita pena de mim. Tentei retê-la, mas foi inútil.
Na segunda-feira, Sérgio foi à redação. Estava muito cansado e pedia a chave da minha casa para dormir um pouco.
— Quem você vai levar? — brinquei.
— Ninguém.
Na saída, deixe a chave com o porteiro.
— É de confiança?
— Total.

O porteiro era de confiança, o amigo, não. À noite, deitando-me na minha cama, senti o perfume de Luísa impregnado no travesseiro. Sérgio tinha amado Luísa na minha cama. "Verdade tão final, sede tão vária e esse cavalo solto pela cama a passear o peito de quem ama." Luísa tinha amado Sérgio na minha cama.

Quando a greve terminou e todos voltaram à redação, chamei Sérgio à minha sala e tranquei a porta.
— Perfumada a mulher que você levou para a minha cama!
— Eu ia falar pra você!
— Mas não falou!
— É com isso que você está grilado?
— Por que você não abriu o jogo?
— Eu pensei que você fosse me encher o saco por causa da minha mulher!
— Eu alguma vez te enchi o saco por causa da tua mulher?
— Porra, desculpa!
Sérgio voltou para a redação, e o Amorim entrou para dizer que não esperasse uma grande edição naquela semana. Mas a minha preocupação não era a edição, nem a categoria derrotada, nem o mau humor do patrão ameaçando despedir os grevistas. Mas Luísa. Luísa impune, procurando em mim um gesto que denunciasse a sua traição, evitando um confronto.
Na sexta-feira, vendo-a sair apressada, corri atrás dela. Alcancei-a no estacionamento.
— Entre — disse-lhe, abrindo a porta do meu carro.
Luísa recuou, apavorada.
— É rápido. Quero dar uma coisa a você.
Ela entrou assustada, e eu lhe ofereci uma rosa vermelha.
— Mas por quê? — perguntou, sem entender o meu gesto.
— Minha última homenagem.
— Última por quê?
Segurei-lhe a mão trêmula.

— Eu nunca mais vou amolar você.
Luísa baixou os olhos e recolheu-se a um silêncio humilde. Era a primeira vez que eu a via tão frágil, e isso me encorajou.
— Posso te beijar?
Luísa ensaiou um movimento de abrir a porta, mas eu detive sua mão.
— Pela última vez, prometo...
Ela fechou os olhos, tensa, e eu aproximei meus lábios de sua boca. A imobilidade de Luísa traía sua repulsa e me castigava mais que um gesto deliberado de recusa.
— Não me chame mais de Amado Júnior — pedi.
Luísa continha a respiração. Estava sufocada.
— Por favor.
Luísa abriu a porta e precipitou-se em direção a seu carro. Liguei o rádio e acendi um cigarro para me recompor. Na semana seguinte ela pediu demissão. Não pessoalmente, mas através de uma carta formal dirigida ao Departamento de Recursos Humanos. Nair recebeu a cópia e a colocou sem uma palavra sobre a minha mesa. Raul, sensível ao meu desespero, entrou na sala, me pegou pelo braço e me levou para um boteco. Nunca agradeci o bastante a Raul por esse gesto de solidariedade. Não dissemos muita coisa um ao outro naquela noite. Nem era preciso. Luísa estava se separando e se mudando para o Rio. Luísa estava rompendo com tudo. Raul frisou o *tudo*, que naturalmente incluía Sérgio.
— Ela é assim.
— Mas que ação devastadora!
Raul lamentava que Luísa me tivesse magoado. Não se incomodava com o que Sérgio pudesse estar sentindo. "Eles se merecem." Mas eu e Mário... Luísa se excedera em sua inconsequência e leviandade. Raul falava mal de Luísa; era seu modo de me confortar. No fundo, permaneceria fiel a Luísa a vida inteira e, se tivesse de fazer uma opção, penderia fatalmente para o lado dela. Mas naquele momento ele estava do meu lado, e sou-lhe grato por isso até hoje.

Pouco tempo depois de me aposentar, Raul apareceu em Ubatuba e me presenteou com um *setter* chamado Argos. Eu teria me contentado com um vira-lata, mas Raul fez questão da raça e do *pedigree*.

— A gente deve sempre se conceder o melhor.

Nesse dia, pela primeira vez, não falamos de Luísa.

Menos de um mês após a demissão de Luísa, foi a vez de Sérgio. Sérgio entrou na minha sala e me comunicou, sombrio, que estava deixando a empresa. Quis que ele repetisse, e ele repetiu, algo impaciente, enquanto eu me refazia da surpresa. Apesar de tudo, gostava dele, e gostava dele sobretudo porque ele me recordava Luísa. Mas Sérgio talvez não considerasse uma traição deixar-me sozinho, sem ninguém mais, exceto Raul, para compartilhar a memória de Luísa.

— Quer dispensa de aviso prévio? — perguntei.

— Faça isso por mim.

— Para onde você está indo?

— Um jornal de negócios.

Quase tomei coragem e lhe perguntei o que ele sentira naquela tarde em que amara Luísa na minha cama. Eu queria saber se tinha sido doce ou cruel o gosto das coisas que ela lhe dissera, e se o beijo definitivo, durante o orgasmo, o levara para as profundezas e depois para muito alto no espaço, para aquele ponto em que a Terra parece ser um lugar tão interessante para viver. Eu queria saber se todas as vezes em que ele se desvanecia dentro dela, a matéria do seu corpo se dissolvendo por inteiro, ele pensava que ia morrer e desejava morrer dentro dela. Porque todas essas coisas eu imaginava e aconteciam um pouco quando eu me masturbava pensando em Luísa, apesar de Luísa não estar presente e de o meu abraço morrer no vazio a cada gozo solitário.

Olhei para Sérgio, desconsolado. Lá fora, um belo fim de tarde de inverno. O sol vermelho se pondo, as primeiras luzes da cidade se acendendo. "Se um dia tiver que morrer, que seja nessa hora", como dizia o poeta. Uma hora bela e calma, quando se olha apenas para o céu.

Sérgio estendeu-me a mão, nervoso e emocionado. Desejei-lhe boa sorte, reiterei que as portas da revista continuavam abertas, agradeci a sua colaboração, destaquei-lhe a competência e abracei-o na saída. Ele saiu, e eu fiquei sem saber, por timidez e vergonha, como tinha sido amar Luísa. E Sérgio era a única pessoa capaz de me responder.

Quando me aposentei, Sérgio não compareceu ao jantar de despedida. Foi convidado, mas telefonou alegando compromissos inadiáveis naquela noite. Com voz muito tensa, perguntou sobre meus planos e se era mesmo verdade essa história de me mudar para Ubatuba.

— Desconhecia essa sua vocação para caiçara.

E riu, um riso forçado, nervoso. Nunca mais nossa amizade foi a mesma coisa.

Muitas vezes, conversando com Marga ou Carlinhos, trocando impressões sobre os fatos que nos separaram, concluí que o tempo acabaria por dissipar a nuvem de ressentimento e culpa que se abatera sobre nós. Haveria um momento em que nos encontraríamos, Sérgio me olharia nos olhos outra vez e eu o abraçaria. Essa imagem de nós dois caídos, um nos braços do outro, me acompanhou até aquele *vernissage*. Anos depois, Sérgio continuava desconcertado, pouco à vontade, quase formal, o que me soou dolorosamente ridículo, considerando a nossa antiga camaradagem. Entretanto, houve um momento — ele estava sozinho e eu também — em que tive vontade de me aproximar e lhe perguntar como tinha sido amar Luísa na minha cama. Mas Carlinhos chegou e me saudou com o alarde costumeiro, e mais uma vez a pergunta ficou adiada. Foi uma noite melancólica, pois frustrou minhas expectativas também a respeito de Luísa.

Nas minhas caminhadas pela praia, muitas vezes eu imaginava meu reencontro com Luísa, e ela sempre pedia perdão. Eu não exigia esse perdão, ao contrário, ele pesava na cena, mas era inevitável. Luísa insistia em que a perdoasse e lamentava não ter podido me amar. Em certos dias, ao crepúsculo, quando a brisa soprava do leste anunciando um dia seguinte radioso, eu via sua longa silhueta caminhando ao meu encontro, os pés nus chapinhando na água, enquanto Argos latia amistosamente para ela. Luísa vinha para ficar. Mas a noite caía densa e escura, e apenas Argos e minha solidão eram reais. Eu tinha construído um leque de fantasias para aquele reencontro, e em todas elas Luísa me recebia com calor e saudade. Entretanto, ela foi apenas polida e condescendente.

Num primeiro momento cheguei a pensar — e eu sempre lhe dou um crédito de confiança — que a cortesia se devesse às circunstâncias (havia tanta gente ao nosso redor). Mais tarde, no restaurante, quando Marga, desistindo de esperar por Luísa, sugeriu que pedíssemos o jantar e aguardou a sobremesa para me dar a notícia do casamento próximo de Luísa, me dei conta da tolice de meus devaneios.

— Ela foi apenas educada.
— Que mais você esperava? — perguntou Marga.
— Afeto real.
— Com tudo o que aconteceu e depois de tanto tempo, você ainda espera afeto real?

Ainda. Sete anos de pastor Jacó serviu. Eu teria servido muito mais.

III
Sérgio

A
Irene Ravache
Juca de Oliveira

"Era ela agora menos que um perfume ou que um sabor? Seria simplesmente um feixe de referências literárias gatafunhadas nas margens de um poema insignificante? E teria sido o meu amor que a dissolvera de tão estranha maneira, ou era simplesmente a literatura que eu tentara extrair dela?"

Lawrence Durrell
Clea — Quarteto de Alexandria

Mais um domingo vazio.

Este, devo reconhecer, está mais difícil do que os outros.

Separo um livro que não vou ler, um disco que não vou escutar e lamento, mais uma vez, não ter um escritório, um espaço meu, e ser forçado a dividir minha solidão com os filhos, a mulher e quem vier da rua.

Aos domingos, quase sempre, as pessoas se lembram de nós.

No fim do dia, algumas horas de insônia me separando da redação, vou lamentar outra vez este domingo e todos os domingos da minha vida, o desperdício, a solidão mal partilhada, as minhas escolhas, esse tempo escoado a duras penas junto dos meus.

E vou lamentar também a impaciência com eles, a pouca disponibilidade, e remoer a culpa de não tê-los levado a passear, ou ao circo, ou ao zoológico, enfim, a esses lugares aonde vão as famílias aos domingos.

E principalmente vou lamentar ter vivido este longo domingo ao lado da minha mulher, mal a tendo visto ou a tendo muito mal, como sempre. E, como sempre, pagarei o ônus deste domingo com insônia e remorso.

Tenho a sensação de que é preciso fazer alguma coisa por mim. Eu preciso com urgência de um estímulo. Não um estímulo qualquer, mas um estímulo real, que me faça romper com tudo, de preferência sem culpa.

No entanto, divido-me entre Sartre, esse filósofo amável, e o fado dos meus ancestrais — a tragédia de não poder escolher —, e minhas digressões confusas apenas espelham a minha impotência de sair da toca, que não é só esta casa, esta morna atmosfera familiar, mas todos os espaços fechados de minha vida.

Pensando bem, o que eu queria era viver este domingo sem muita tristeza e não pensar em Luísa. No tempo em que Luísa fazia parte da minha vida, os domingos eram mais fáceis de viver.

Eu fechava os olhos e pensava nela, e pensava também que no dia seguinte a veria. E à noite, nas noites de sábado, quando as mãos de minha mulher procuravam meu desejo, era só apagar a luz e imaginar que eu estava percorrendo o corpo de Luísa no corpo de minha mulher.

Nunca amei tanto minha mulher como nos tempos em que eu amava Luísa.

Por muito tempo ainda, após a sua partida, Luísa continuou habitando tão obsessivamente a minha vida que muitas vezes cheguei a pensar se a sua perda não teria se transformado naquele estímulo real de que eu precisava — não para viver, mas para morrer. Porque era insuportável a oposição entre uma vida morna e a memória de Luísa. Com Luísa, nada podia ser morno.

Eu sorria, ela sorria. Éramos dois adversários à altura. Dois lutadores sempre prontos para o combate, com ligeiras tréguas de vez em quando, paradas necessárias para tomar fôlego e recomeçar.

E eu sempre tinha forças. Minha resistência era inesgotável com Luísa, apesar de o jogo ser quase sempre duro, arriscado, quase mortal.

Disse quase sempre porque havia momentos em que Luísa se tornava suave e vulnerável. E, nesses momentos em que ela era de fato imbatível, as minhas mãos percorriam seu rosto, e eu implorava que ela fizesse eterno aquele abandono. Nesses momentos de Luísa, eu era tão feliz que tinha vontade de chorar.

Pergunto-me muitas vezes se isso vai se repetir, se eu serei capaz de me apaixonar outra vez da mesma forma e com a mesma intensidade. E pergunto-me, se isso voltar a acontecer, se os meus domingos serão mais suportáveis. Ou se a vida terá algum sentido, que é o sentido da surpresa e das pessoas que se conhecem, pessoas como Luísa, que nos devolvem a sensação de que vale a pena estar vivo, ainda que seja por instantes.

Mas tenho quase cinquenta anos, três filhos e uma mulher dignamente resignada, e estou de tal forma aniquilado desde que perdi Luísa que venho repetindo para mim *nunca mais*.

Nunca mais aquela energia, aquela vitalidade, aquele sentir-se inteiro, a máquina a todo vapor, o sangue correndo mais rápido, os olhos voltados para além dos horizontes habituais, os ouvidos atentos, as pernas ágeis, o sexo satisfeito.

Nesses últimos anos, tenho a impressão de que meus movimentos são controlados por uma mão pouco hábil, e, mais do que o meu corpo, a minha cabeça e minhas faculdades só conseguem manter-se à tona porque continuo comendo e respirando, porque meu corpo continua a cumprir suas funções básicas.

Minha mulher diz, e deve ser verdade, que estou dissipando minha saúde.

Voltei a beber e estou bebendo mais do que meu fígado pode suportar. E tenho a impressão, por vezes, de que, se Raul me oferecesse alguns instrumentos de viagem, iria aceitar, tão necessitado estou, nesses momentos, de me evadir da memória de Luísa.

Torres observa, e com razão, que eu nunca andei tão desinteressado de mim e das coisas coletivas. Nunca me mantive tão longe das ideias. Nunca meu humor esteve tão acre.

Torres, que é meu amigo, estimula minha participação no Sindicato. "Você era mais empolgado antigamente", diz ele. "Tão empolgado que me dava inveja."

E diz também que devo me aturdir no trabalho, pois assim a memória de Luísa vai se tornar cada vez mais remota.

Torres não sabe que, no passado, quando militei numa organização política, já estava, naquele tempo, à procura de uma saída digna.

Torres não sabe, como Rogério também não sabia, que, naquele tempo, quando o meu medo cedeu lugar aos nobres objetivos, esses nobres objetivos mascaravam apenas o pretexto de que eu precisava para abandonar mulher e filhos e exercer, sem culpas, o privilégio de escolher.

Hoje, estou tão impossibilitado de escolher como o soldado alemão de Semprún, o soldado de Auxerre, a quem o herói de *A grande viagem* pergunta *"warum sind Sie hier?"*.[*]

Como o soldado de Auxerre, não consigo fazer minha vida, apenas ser. A única diferença entre nós é a minha consciência, e, por isso mesmo, me sinto muito mais miserável do que esse soldado jamais se sentiu. E estou assim aniquilado não porque a minha vida seja propriamente uma tragédia. Não, ela não tem essa grandeza. Nem eu a grandeza dos heróis trágicos. A minha vida é no máximo uma farsa, e eu, um herói banal, sem vontade, sem ilusões, sem inocência.

---

[*] Em tradução livre, "Por que você está aqui?". Do livro *A grande viagem*, do escritor espanhol Jorge Semprún (1923-2011). [N.E.]

Talvez o que eu tivesse procurado em Luísa fosse um pretexto. Talvez eu quisesse que Luísa fosse uma necessidade tão imperiosa quanto a ação política. Mas ela era apenas uma saída individual e, desse modo, não poderia ser uma opção sem culpas.

Mas, se Luísa quisesse, talvez eu aceitasse correr o risco dessa opção, apesar do remorso que sofreria depois. Se Luísa quisesse. Mas ela não quis.

E ela, afinal, quando lhe foi dado escolher, apesar da paixão por Paulo, ficou em casa, não se envolvendo mais do que lhe foi solicitado. Sua maior aventura foi levá-lo a Curitiba, onde ele tomou o primeiro de uma série de ônibus que o deixaria em Santiago.

Eu, que não conheci Luísa nesse tempo, eu, que arrisquei mais do que ela, pude, por causa disso, muitas vezes, me colocar na situação de seu juiz. E para ela era insuportável ouvir de mim que deveria assumir sua parte na morte de Paulo.

Quando eu dizia isso e Luísa se encontrava num momento particularmente frágil, acontecia de ela chorar. Ela chorava a morte de Paulo e chorava também a sua rejeição, porque Paulo nunca a amou. Paulo amava outras coisas e tinha muitas ilusões. Luísa, que não tinha as mesmas ilusões, preferiu um homem confortável.

Mas, quando ela chorava, eu a via tão indefesa, tão raramente entregue à miséria de sua vida que a abraçava, pedia desculpas por ter evocado aquela morte e a confortava, assim, na sua dor.

E Luísa, que parecia não precisar de ninguém, nesses momentos precisava de mim. E também me abraçava, lamentava sua vida e pedia para eu não morrer. Pensando bem, nós vivemos belos momentos de solidariedade.

Pergunto-me, nestes tantos domingos que venho vivendo sem aquela sensação física, aquele aperto na boca do estômago, frio e indolor, tão cheio de promessas, a promessa de ver Luísa no dia seguinte, quantos domingos ainda serei obrigado a viver sem a promessa de ver alguém no dia seguinte. Alguém como Luísa, ainda que quando nos víssemos — nos víamos sempre à hora do café — um olhasse para o outro com uma distância inimaginável. A expressão superior de quem sobreviveu magnificamente à ausência do outro, durante dois dias.

Então falávamos como dois estranhos, um contando para o outro seu fim de semana, e quase sempre tínhamos nos divertido muito.

E, depois que um provava ao outro o quanto era forte, partíamos para outro combate, mais estimulante, que eu sempre iniciava. Uma frase solta, mas na direção certa. Uma provocação que atingia em cheio seus ícones.

E eram muitos os ícones.

Às vezes, se a manhã de segunda-feira era mais azeda do que costumavam ser essas manhãs, apesar do grande conforto que representava estarmos juntos outra vez, ela não respondia. Só me olhava de cima, erguia o nariz e murmurava um desdenhoso "Que cansaço".

E me virava as costas, enquanto eu a olhava divertido, sabendo quanto a irritava o meu olhar divertido. E eu ficava pensando que muito provavelmente ela iria entrar na sala de Rogério e fechar a porta. Ou abraçar Raul e deixar-se bolinar por ele, porque ela respondia sempre com uma traição ao meu olhar divertido.

Mas, quase sempre, ela me olhava depois de uma provocação e a rebatia com uma frase de efeito. E ficávamos assim, duelando por minutos, para ver qual de nós podia ser mais espirituoso e inteligente. E quase sempre eu perdia. Exceto quando ela dizia "Que cansaço".

Quando conheci Luísa, eu a olhava como se olha o que jamais se pode ter. E por muito tempo a olhei sem coragem de me aproximar. Apenas olhava. Luísa ao telefone, Luísa rindo para Rogério. Luísa sussurrando. Luísa abraçando Marga. Luísa beijando Raul na boca. O andar de Luísa. O perfume de Luísa. A pele de seda de Luísa. Luísa narcisa. Luísa no Olimpo entre deuses.

Luísa que parecia saber tudo ou pelo menos tudo o que eu queria saber. E eu queria saber se algum dia ela tinha se deliciado com a pequena frase da sonata de Vinteuil. Se gostava de Elstir e das marinhas de Elstir. E se, durante a infância, enquanto o aroma das *madeleines* subia da cozinha até seu quarto, ela pensava em Swann, que viria para o jantar.

Eu queria saber dela se esse maldito e decadente Proust a tinha emocionado tanto quanto a mim, que o li de forma tão indevida, na minha cela, durante os oito meses da minha prisão.

Eu queria saber dela se era possível que alguém, torturado e preso, vivendo num espaço exíguo, dividindo esse espaço exíguo com outros companheiros, pudesse ter se emocionado tanto com Proust e tudo o que o mundo de Proust representava.

Eu queria saber dela se era possível que alguém, obrigado a enfrentar a agressividade dos outros, os que discutiam os destinos da nação, o desprezo dos outros presos, que tinham sido presos porque desejavam enterrar o cadáver da cultura burguesa, eu queria saber dela se era possível, apesar dessas circunstâncias, que alguém pudesse refugiar-se durante semanas à procura do tempo perdido e deleitar-se com as *soirées* de Mme. Verdurin.

Mas tudo isso que eu queria saber dela só foi possível saber mais tarde.

Depois daquela festa de Natal. Uma festa ruidosa, como são todas as festas de Natal que costumam acontecer nas redações, onde bebi demais e, por isso, tomei coragem de tirá-la para dançar.

E essa coragem só foi possível porque havíamos nos correspondido. Eu era Fitzgerald, estava bêbado como ele e enlacei Zelda, fingindo dançar ao som de Cole Porter. E eu lhe disse "Feche os olhos e sinta a brisa soprando do mar, escute os pinheiros se agitarem, aspire fundo este luar mediterrâneo".

Luísa divertia-se comigo, mau dançarino naquela festa de Natal, bêbado e trêmulo, disfarçando a timidez, fingindo me divertir com "A volta do boêmio". E, na saída, porque estivéssemos muito embriagados e ávidos um do outro, fomos procurar um quarto, o primeiro de nossos quartos impessoais.

Era comum, antes que tudo tivesse ficado muito triste entre nós, que examinássemos esses quartos à chegada.

E ríamos muito dos detalhes de mau gosto, cada um procurando se antecipar ao outro numa descoberta. E era comum que apertássemos todos os botões e ligássemos todas as luzes. Essas brincadeiras, porém, serviam apenas para disfarçar nosso embaraço e a alegria de estarmos juntos, num espaço que seria apenas nosso durante algumas horas.

Mas isso acontecia antes de tudo ter ficado muito triste entre nós, antes de percebermos que, embora apaixonados, não nos renderíamos um ao outro. Quando, muito tempo após sua partida, reencontrei Luísa, perguntei-lhe se ela sabia o exato momento em que deixamos de ser Zelda e Fitzgerald e passamos a ser um pobre casal de amantes.

Então ela recordou um dia em que esperou por mim muito tempo. E nessa longa e, para ela, humilhante espera, compreendeu estar vivendo outra vez a angústia dos atrasos de Paulo.

Primeiro, construiu toda sorte de justificativas sobre meu atraso. Depois prometeu a si mesma romper comigo quando eu chegasse. Mas, quando cheguei, ela se sentiu tão feliz, tão grata que se esqueceu imediatamente da raiva e da humilhação da espera.

— Eu já tinha vivido essa história e não gostei.

Da minha parte, não me lembro da sua felicidade nem da sua gratidão.

Tudo o que consegui guardar naquela noite foi seu silêncio, o olhar perdido na paisagem e os cigarros que ela fumou um atrás do outro.

E, quando tudo começou a ficar tão triste entre nós, não ríamos tanto nem explorávamos o território novo com tanta avidez. Entrávamos no quarto e ficávamos em silêncio, um olhando para o outro, até que um de nós esboçasse um gesto de trégua. Um sorriso, um cigarro que se apagava, uma mão que se estendia, qualquer pedido de paz.

E foi num desses quartos impessoais, antes de tudo ter ficado tão triste entre nós, que eu lhe falei de Swann e de *A grande viagem*. E foi também num desses quartos que ela me falou de Justine, Pursewarden e os outros.

E nesse formidável exercício de descobertas, porque tudo isso era uma forma de falarmos de nós, Luísa foi se tornando cada vez mais necessária por ser a única pessoa com quem eu podia dividir meus receios, minhas surpresas e meu desencanto. E porque nos conhecíamos, apesar de todas as tentativas de escamoteio que fazíamos, Luísa era também a única pessoa capaz de me proporcionar, naquele tempo, o prazer de jogar qualquer tipo de jogo.

Disse "qualquer tipo" porque eram muitos. Mas bastava uma frase para que Luísa, ágil, soubesse de imediato quais as regras, as peças necessárias e o tempo de duração.

Logo no início da minha paixão, saindo de um desses quartos impessoais, lhe comuniquei, com fingida gravidade, que era melhor nos afastarmos antes que as coisas ficassem realmente sérias entre nós.

E Luísa, mais séria do que eu, disse que a nossa sintonia era de fato notável. Ela estava pensando exatamente a mesma coisa.

E voltando para a cidade, porque estávamos num motel dessas rodovias, eu olhei para o céu cheio de estrelas — eu, que mal me apercebia da natureza — e disse, apertando sua mão, que, apesar de tudo, valia a pena viver para conhecer uma pessoa como ela. Uma pessoa que me fazia perceber um céu estrelado.

Luísa ficou em silêncio, apenas observando o céu cheio de estrelas. Ela sabia que naquele momento do jogo estava levando a melhor.

Swann, a marinha de Elstir, a frase da sonata de Vinteuil sempre ficariam entre nós. Uma coincidência, mas esbarrávamos nela a cada momento. Até na viagem de Semprún.

E ela me dizia, tão fascinada com a viagem de Semprún, que, se a nossa relação não tivesse outro sentido para ela, teria pelo menos a virtude dessa descoberta. Pois eu tinha sido o meio para Luísa chegar à grande viagem. Esse livro que também li no Presídio Tiradentes, com a aprovação unânime dos meus companheiros de cela.

E ela me dizia, tão esteta, que ficara tomada disso que se chama "emoção estética". Esse raro estado de graça que conheci lendo Proust. E outra vez, na sala de espera da ponte aérea, lendo um poema de Álvaro de Campos, no tempo em que eu lia Fernando Pessoa. E, finalmente, no quarto livro do *Quarteto*, quando Darley retorna a Alexandria, que, afinal, não é senão a sua viagem à procura do tempo perdido.

Neste domingo desolado, também faço minha viagem à procura do tempo perdido. À procura do tempo em que Luísa era a promessa do dia seguinte.

Penso nela e penso também que, depois de ela ter partido, comecei a esquecer os traços de seu rosto e, desesperado, pedi a Marga que me mostrasse uma foto de Luísa.

E Marga mostrou. Luísa e Marga abraçadas no inverno de Paris. Luísa em ponto pequeno contra a Notre-Dame. E quase sucumbi à tentação de ligar para Rogério, para lhe pedir, com toda a humildade, que me deixasse ver Luísa na foto em frente à sua cama. Luísa de corpo inteiro, telefonando ou fingindo telefonar.

E suspeito que Rogério, que a amou mais do que eu e é mais mórbido do que eu, ainda tenha essa foto em frente à sua cama, e provavelmente se masturbe de vez em quando, e talvez se emocione diante do retrato, como deve se emocionar quando abre a caixa dos fetiches de Luísa. As coisas que ela lhe deu ou ele tomou de alguma forma.

E ainda, em muitos momentos, fico roído de ciúme pelo acesso que ele tem a Luísa e que eu não posso ter. Porque a minha mulher, que não conheceu Luísa mas sempre suspeitou da minha paixão, não iria admitir uma foto de Luísa em frente à nossa cama. Porque Luísa foi embora, mas ainda habita a minha memória, a memória deste domingo vazio, e ainda é um fantasma rondando nossa infelicidade conjugal. Lembro-me, precisamente por causa da minha dificuldade em recordar os traços de Luísa tempos depois de sua partida, que numa das camas onde dormimos eu lhe disse, depois de um orgasmo muito intenso, e recompondo-me, porque ela se recompunha rapidamente daquela felicidade, eu disse para magoá-la, como fazia tantas vezes, com alguma nota de lamento em minha voz, que era uma pena que tudo fosse acabar. Porque iria acabar de alguma forma algum dia, e ela, tão cara e necessária naquele momento, iria se transformar apenas numa referência. Uma mulher que marcara determinada época da minha vida, um vulto sem rosto, porque eu a esqueceria.

E ela, que já estava recomposta e pronta para o combate, concordou comigo e disse, devolvendo-me a seta enquanto passeava a mão esguia pelo meu peito, que assim eram as coisas. Ela também me esqueceria, e esqueceria o cheiro de minha pele, o que para ela era mais importante que tudo.

"O amor é basicamente uma linguagem de pele", dizia Luísa, citando algum personagem do *Quarteto*.

E eu chamava a atenção para o fato de ela ser tão livresca e perguntava-lhe mordaz, porque ferido pelo fato de um dia ela poder esquecer o cheiro de minha pele, se ela não sabia viver em vez de imitar ficções. Mas Luísa dizia que nós vivemos de ficções seletivas.

Muitas vezes, querendo vingar Semprún, eu lhe disse que, se a nossa relação não tivesse outro mérito, teria pelo menos a virtude da descoberta do *Quarteto*. Porque Luísa fora a via de acesso a esse universo, despertando em mim a vontade de conhecer Alexandria, que, até então, a minha cultura histórica identificava apenas como a cidade do farol, de uma biblioteca incendiada, de Ptolomeu e Cleópatra e, de passagem, de alguns romanos.

Com Luísa, Alexandria tornou-se mágica. Embora aquela Alexandria de Durrell tivesse sido sepultada depois da guerra e todos tivessem morrido ou emigrado. A nova Alexandria não nos acolheria mais.

Mas, quando eu queria ouvir a voz de Luísa, quando eu a olhava da minha mesa, do outro lado da redação, ligava para o seu ramal. E Luísa voltava-se para mim e sorria. E quase sempre eu a convidava para fugir para Alexandria.

Luísa sabia que Alexandria era apenas uma referência comum entre tantas referências comuns que construímos.

Mas Luísa não sabia se eu brincava ou se falava sério e não queria arriscar ou simplesmente não queria, a não ser por alguns momentos, considerar a minha proposta de fuga. E desligava antes de mim, não sem antes dizer alguma obscenidade, o que sempre despertava meu desejo, tão grande quanto a impossibilidade de satisfazê-lo naquele instante. Não porque Luísa fosse tão bonita, mas porque era minha mulher.

Perdi a conta do número de vezes que convidei Luísa, brincando, para fugir comigo. E também perdi a conta do número de vezes que Luísa, brincando, aceitou o convite. E, em seguida a esses gracejos, às nossas gargalhadas nervosas prevendo o futuro magnífico da nossa relação, um grande silêncio se fazia.

Muitas vezes, quando isso acontecia, nos vimos nus e sozinhos, pensando na nossa solidão, em nossos fantasmas, em nossos sonhos abortados. No fundo era muito simples o que queríamos. Tão simples quanto inatingível. E, quando despertávamos daqueles pensamentos amargos, éramos quase sempre muito gentis um com o outro.

Se eu lhe perguntava se poderíamos ficar juntos no dia seguinte, e ela não podia por alguma razão, prometia tudo fazer para me encontrar.

E eu, compreendendo seus motivos, lhe dizia poder esperar até outro dia.

Nos gratificávamos, assim, com a mútua compreensão. Éramos amáveis, generosos.

Quando penso nesses momentos, acho inacreditável que pudesse ter dito frases do tipo "Se não puder ver você

amanhã, não tem problema", "Pelo menos entre nós não há obrigações" ou "Temos inteira liberdade de ação".
É de fato inacreditável que pudesse ter dito a Luísa coisas assim. Eu, que morria de ciúme do marido, de Raul, de Marga, de Rogério, da memória de Paulo. Eu, que tinha vontade de morrer cada vez que nos separávamos. Eu, que tantas vezes tive vontade de matá-la para acabar de uma vez com aquele suplício.

Hoje, olhando para trás e me lembrando da tristeza de Luísa ao se vestir para ir embora, hoje, olhando para trás e percebendo seu desespero, descubro quanta pena sentíamos um do outro, embora exatamente por isso tivéssemos sido tão cruéis um com o outro a maior parte do tempo.

E fico pensando no tempo que despendemos em criar formas sempre novas de dissimulação, na tentativa de mascarar nossa dependência um do outro. E quantas vezes essas formas de dissimulação, nem sempre sutis, foram instrumentos de guerra.

Quando Luísa anunciou a exposição próxima e pediu que eu fosse modelo de uma de suas telas, fiquei indignado. Porque Luísa podia desdobrar-se e encontrar, apesar de mim e de tudo, tempo e energia para criar.

Essa capacidade me humilhava porque eu mal conseguia desempenhar as tarefas mais corriqueiras desde que me apaixonara e ficava mortificado porque Luísa era imune à ação de seu amor por mim. Eu invejava em Luísa a aplicação e a disciplina, o exercício de um talento que talvez não fosse muito grande, mas era exercido.

Eu, que creditava a mim um enorme talento literário, adiava indefinidamente o momento de escrever a obra-prima, sempre alegando condições adversas. E Luísa sorria das condições adversas, do escritório que eu não tinha, da mulher e das crianças que impediam minha concentração, da revista que me consumia. Luísa sorria indulgente quando eu desfilava as minhas razões. Tênues, falsas e certamente injustas.

Porque a verdadeira razão pela qual eu não escrevia não eram as condições adversas, mas a falta de coragem e de modéstia para submeter minha obra à apreciação alheia. Luísa, entretanto, não temia correr esse risco.

— A mostra vai se chamar "Ficções" — ela disse.

Luísa só se deu conta da minha irritação quando eu lhe perguntei: "E eu seria sua ficção número...".

— Por que esse sarcasmo?

— Não, eu não vou posar para nenhuma de suas telas — respondi, azedo. — A arte deve ser território exclusivo dos gênios. Talvez seja uma temeridade você se expor.

E Luísa, percebendo meu despeito, observou estar bastante satisfeita com a sua modesta contribuição à arte brasileira.

Então eu ri. Ri e discursei sobre o ridículo e o patético dos que, como ela, pretendiam acrescentar ou subtrair o que quer que fosse à arte brasileira. E eu lhe disse que, na grande ordem das coisas, a arte brasileira da qual ela fazia parte não passava de uma ação entre amigos. Seu espaço, nessa arte, havia sido assegurado por pessoas tolas o bastante para dar importância àquilo que não tem.

Eu fiz esse discurso e não conhecia a obra de Luísa.

— Sabe que eu quase escrevi um romance? Um dia, lendo as duzentas laudas, rasguei e ateei fogo. Foi o único grande gesto de minha vida.

E Luísa, magoada, devolveu a seta e me disse que eu não poderia jamais escrever o grande romance porque meu impulso para destruir era muito mais forte do que meu impulso para criar.

— Quando você destila fel, e é assustadora a sua capacidade de destilar fel, eu penso não naquilo que você está lançando para fora, mas no que você destina ao seu consumo, essa porção que está matando em você todo o impulso vital e generoso.

Luísa, que também tinha a tentação do fel e da crítica impiedosa, julgava-se muito melhor do que eu, e talvez o fosse a maior parte do tempo. Mas não quando ferida em sua vaidade. Nesses momentos, Luísa era apenas melhor na conta bancária.

— Como você acha que eu me sinto quando você comenta dos restaurantes, das boates, dos fins de semana? — perguntei nesse dia.

E ela respondeu:

— Você sabe tão pouco dos meus fins de semana!

— Sei, por exemplo, que você nunca fica em casa. E o sei por você.

Porque, embora Luísa declarasse morrer de tédio, nunca deixava de sair nem de comentar seus programas. E, enquanto ela falava, eu fechava os olhos e via, como num filme, Luísa jantando à luz de velas. Luísa esquiando. Luísa dançando. Fotogramas rápidos de um rápido e bem produzido comercial. Um comercial do tipo que faz minha mulher entreabrir a boca e sonhar com uma vida melhor.

Ela falava de outro mundo, que eu só vislumbrava quando o patrão ou algum empresário que eu entrevistava pagava a conta.

Eu não tinha dinheiro para jantar em restaurantes caros e, se tivesse, não poderia levar a minha mulher, que sonha com uma vida melhor, mas se confunde com os copos e talheres. E porque fica paralisada diante da sofisticação, e porque se constrange e me constrange, prefere a simplicidade da comida pronta. Lasanha aos domingos. Aos sábados comemos pizza e assistimos televisão.

Nós repetimos, eu e minha família, todos os fins de semana, os rituais de mediocridade da classe social a que pertencemos.

Nada nos diferencia do vizinho do lado ou do da frente.

Nada nos diferencia das famílias do contador ou do mecânico.

E eu li Proust e eles, não. O fato de ter lido Proust só acrescentou angústia aos meus rituais.

Nada nos diferencia, nem a ansiedade do resultado da Loteria Esportiva, já que a esperança da Loto ficou adiada para a semana seguinte. Mas no domingo à noite podemos ser surpreendidos pela sorte que dará a todos nós uma vida melhor. Uma vida semelhante à que Luísa vivia, e me exibia, sobranceira, com o sentimento de quem integrava um pequeno círculo de eleitos do qual eu não poderia fazer parte.

Muitas vezes penso em quanto Luísa podia ser perversa quando ferida e em quantas vezes fui vítima de sua perversidade. Eu, que nem sempre a feria de forma deliberada.

No seu aniversário, quando tudo já estava tão triste entre nós, eu quis surpreendê-la fingindo me esquecer da data. E ela, que pela manhã esperava uma flor e o cumprimento, tomou minha atitude como desconsideração.

Desconsiderada, vingou-se de mim programando uma festa, privando-me da promessa que tinha feito de passar algumas horas daquela noite ao meu lado.

E naquela noite queria surpreendê-la com uma decisão. Eu ia lhe dizer: "Vamos, Luísa, não para Alexandria, mas à procura do nosso caminho. É muito importante que a gente conheça esse paraíso ou esse inferno, que seja por um dia, por dez dias, por toda a eternidade".

Mas ela preferiu acreditar na minha falsa indiferença e dividiu sua noite com os outros.

— Você vai à casa de Luísa? — sondou Rogério.

— Não fui convidado.

— Que estranho, ela me convidou...

Na saída, ferido, procurei detê-la e lhe perguntei, apertando seus braços, por que não tinha sido convidado para a festa. E Luísa, desprendendo-se de mim, disse "Vá se quiser", talvez supondo que eu não fosse, porque soubera pelo Torres da reunião no Sindicato.

— Pois eu vou, depois da reunião.

E Luísa me olhou incrédula, imaginando que eu não tivesse coragem.

— Vou com um presente muito especial.

— Flores de cemitério? — perguntou, sarcástica.

— Você me deu uma ótima ideia.

E teria lhe oferecido crisântemos se não tivesse visto aquela gaiola. Mas lá estava ela, balançando entre as samambaias da floricultura, esperando por mim, plena de significados, óbvios para Luísa e provavelmente para muitos que assistiram à entrega desse presente tão especial. Ele seria naquela noite meu único momento de triunfo sobre Luísa.

Porque naquela noite, quando entrei em sua casa, vi um mundo que sabia existir, mas que, por não conhecer, desconhecia também seu poder de ameaça.

E, ao deparar com seus amigos — o cenáculo de Luísa —, a mesa farta, os vinhos caros, ao sentir o bom gosto e a gentileza do mundo de Luísa, senti que jamais faria parte dele. E senti também que tudo aquilo havia sido preparado para me aniquilar. A vingança de Luísa pela minha falsa indiferença.

— A gaiola é muito pouco — disse para ela —, gostaria que viesse com dois pássaros empalhados. De preferência, um casal.

E Luísa riu muito e exibiu o troféu, enquanto eu, afetando uma animação fora do comum, fui conversar com o marido, o engenheiro, que me levou para o escritório, onde ficamos muito tempo falando de Paulo, o menino que morreu no Chile.

E quando Rogério, outro estranho naquele mundo particular de Luísa, entrou no escritório, levado por ela, eu estava falando de Paulo, da sua morte, dos omissos e da culpa que todos deviam carregar, os que se omitiram.

E Luísa, ferida, conseguiu sorrir e apenas perguntou se estávamos servidos.

Naquele momento eu quis matá-la. E quando ela voltou para a sala e seus amigos, e de vez em quando eu ouvia suas gargalhadas, quis matá-la outra vez.

Porque, naquela noite, eu me lembrei de um pedido que ela fez no nosso primeiro encontro: "Sejamos discretos na redação".

O que queria dizer que ela não desejava se comprometer com um perdedor como eu, um pé-rapado que fez apenas uma modesta carreira, malcasado, com três filhos que não quis ter, que esteve preso mas não chegou a ser um preso histórico, não liderou nenhuma facção, não cometeu nenhum ato espetacular nem fez nada capaz de suscitar admiração.

Porque naquela noite eu pude saber que não era o único com quem Luísa falava de Swann, Pursewarden e os outros. E pude perceber que não era o único com quem ela jogava, porque havia outros jogos, outros códigos, entre Luísa e seus amigos, dos quais eu estava excluído.

E naquela noite, pude perceber, Luísa tinha muitos amigos, com quem ela podia exercer seu brilho e suas misérias, e esses amigos que ela prezava certamente me desprezariam.

Luísa pedira que fôssemos discretos porque a sua imagem era mais importante que a sua vida, e naquela noite, pude perceber, ela seria capaz de sacrificar qualquer coisa para que não se desvanecesse uma bela impressão a seu respeito.

Esses amigos, que eu invejava porque não eram meus, junto com tudo o que constituía o universo de Luísa quando ela não estava comigo, representavam uma ameaça de perdê-la.

Subitamente eu me dava conta de que era dispensável, acessório. Apenas um amante, nem sempre divertido, e isso, junto com todo o resto, que era o engenheiro e a filha, a família, a casa, o aconchego de uma sala repleta de objetos belos e caros, os vinhos franceses que eu nunca poderia comprar, tudo isso tornava impossível nossa fuga para Alexandria.

Mas tudo isso era muito pouco para Luísa me punir.

Ela tinha que ir mais longe. E foi, convidando Rogério para dançar, uma dança que tinha sido nossa e fazia parte da memória daquela festa de Natal. E, quando encontrei seu olhar vitorioso, eu senti, entre tantas coisas que pude sentir naquele momento, que a sua perversidade não conhecia limites.

Foi surpreendente que no dia seguinte ela tivesse sido tão gentil no seu bom-dia. E foi surpreendente que tivéssemos continuado a nos encontrar.

E eram cada vez mais tristes esses encontros.

Eu não brincava mais de convidá-la para fugir, e Luísa, sombria, começava a definhar.

— Eu era mais bonita — dizia, olhando-se no espelho. Não para mim, para si mesma.

— O que posso fazer por você?

E Luísa, cansada dos quartos impessoais, supôs que era possível resgatar a nossa alegria nos quartos dos amigos — os quartos pessoais —, tão disponíveis durante a greve.

Às vezes, rememorando aquela semana em que divagamos sobre todas as derrotas, penso em Rogério, que procurei no último dia da greve. Pobre Rogério, pião dos nossos desencontros. Rogério, meu amigo que nunca mais consegui encarar. Rogério na redação, com a barba de vários dias, imaginando que o estivesse procurando para fazê-lo aderir à greve. Rogério em sua sala, abatido e justificando a sua posição — o grande pai, o que zelaria pelo emprego de todos nós.

E eu, constrangido à sua frente: "Não vim pedir satisfações, queria apenas a chave da sua casa para dormir algumas horas".

E Rogério, pacificado porque eu não exigia explicações, com um leve e malicioso sorriso, perguntou quem eu iria levar à sua casa.

E a mentira: "Ninguém".

Porque eu já estava me acostumando a mentir e podia mentir para amigos como Rogério, que ajudaram a minha família e me empregaram quando saí da prisão.

Mas menti para ele, como depois menti para Raul. Luísa queria quartos pessoais, e eu os pedia, sabendo que esses quartos nada poderiam fazer por nós.

Estávamos de tal modo cansados de mentir e dissimular para os outros e para nós, e tão tristemente condenados um ao outro, que nem sequer nos entregávamos aos costumeiros jogos de impiedade. Não havia mais jogos entre nós. Só o silêncio, terrível, depois do amor. E esse amor era feito de desespero.

E numa dessas camas pessoais, onde a amei com desespero, a cama pessoal de Rogério, senti vontade de matá-la. Mas, olhando para o seu retrato em frente à cama, Luísa debruçada sobre sua mesa, telefonando ou fingindo telefonar, me lembrei que, antes de tudo ter ficado tão triste entre nós, eu lhe telefonava e a convidava para fugir.

Então perguntei se era comigo que ela conversava no momento em que fora surpreendida pelo fotógrafo.

E ela disse: "Acho que sim".

E, olhando mais uma vez para a foto, reencontrei no ar travesso de Luísa o aspecto lúdico da nossa relação, a alegria definitivamente perdida nos quartos impessoais.

E a abracei, e tombei sobre seu corpo, e procurei em Luísa aquele momento de abandono em que ela era quase imbatível, aquele momento em que eu era tão feliz que tinha vontade de chorar.

E nessa procura vã, para quebrar nossa tristeza, eu perguntei se ela queria fugir para Alexandria. Mas ela disse apenas "Veja em que deserto nos transformamos". Um sinal claro de que ela não queria jogar ou talvez estivesse cansada; não apenas de mim, mas de tudo, e nenhum quarto pessoal seria capaz de resgatar o que quer que fosse.

Um dia, logo no início de nossa relação, eu perguntara por que não nos havíamos conhecido dez anos antes. E ela, num sorriso desdenhoso, respondera que isso provavelmente não teria feito a menor diferença. O que significava que ela iria percorrer os mesmos caminhos até chegar a mim. E eu seria, como fui, somente mais um amor infeliz.

Não me ocorreu que ela pudesse estar blefando, que a sua resposta encerrasse uma punição, pois talvez eu a tivesse magoado num momento anterior, e seu desdém talvez fosse uma resposta reativa em função de sua dor.

Mas, desencorajado pelo texto aparente da resposta, nunca mais lhe perguntei por que não nos havíamos conhecido dez anos antes. Nem nunca lhe disse "Eu te amo", essas coisas banais que os amantes esperam escutar.

Quando, muito tempo depois de sua partida, a reencontrei e disse que a amava, ela me perguntou por que eu demorara tantos anos para lhe dizer. A tardia declaração de amor era apenas mais um desencontro na vasta sucessão de desencontros que vivemos.

E ela me disse que, muitas vezes, me estendera a mão e eu lhe voltara as costas, e num desses momentos isso tinha sido particularmente doloroso.

— Quando foi? — perguntei.

— Na última vez em que fomos a um motel.

Então me lembrei de Luísa, sentada na cama, falando em tom pausado sobre o marido.

— Não consigo mais fazer amor com o Mário. É estranho porque no começo conseguia. Quantas vezes me surpreendi fazendo amor com ele depois de ter estado com você... agora não consigo mais. Ele me procura, e eu me escondo, me esquivo, não quero. Pele, cheiro, tudo nele me repugna... É estranho porque, ao mesmo tempo que isso me incomoda, me dá uma sensação de integridade.

E eu reagi à sua confissão dizendo: "Isso é um transtorno".

E disse que ela complicava muito as coisas e que o ideal do nosso relacionamento era um envolvimento contido que não nos impedisse de cumprir com as nossas obrigações conjugais.

Eu fiz esse discurso e estava apaixonado por Luísa. Mais uma vez, como sempre, qualquer movimento que um de nós fizesse na direção do outro tornava-se inútil e caía no vazio.

E porque era muito penoso, para cada um de nós, caminhar por essa fímbria que separava a verdade da dissimulação, por prudência ou desencanto, Luísa ocultou que ia se separar. Quando decidiu me comunicar, o fez com fastio, porque sentia e sabia que a nossa separação também era iminente.

E ela, que tão dolorosamente terminara o casamento, estava pronta para mais um rompimento, dessa vez com menos esforço, pois estava farta de desencontros, e a dor tornara-se tão familiar que nem sequer a incomodava mais.

E então, porque pressenti o fim e porque queria castigá-la por essa decisão, e porque Luísa me tivesse dado um convite para o seu *vernissage*, mais uma vez ironizei seu trabalho, mais uma vez falei de Paulo, mais uma vez a feri tão fundo que se tornou simples e fastidioso, para ela, terminar oficialmente a nossa relação.

— Eu vou recolher o que resta da minha autoestima e pôr um ponto-final neste caso doentio.

E eu, que sempre soubera quanto era precária a nossa ligação, que vivera todos os tormentos da insegurança e do medo de perdê-la, tombei pela última vez sobre seu corpo e segurei seu rosto à procura de um sinal de reconciliação. Mas Luísa estava muito distante, seus olhos tinham se apagado, e era irrevogável sua decisão de me abandonar.

Quando, muito tempo após sua partida, nos reencontramos, convidei Luísa outra vez para partir comigo para Alexandria. E ela, sorrindo, disse que o mais surpreendente era estarmos naquele bar face a face e termos conseguido, depois de tudo, olhar um para o outro com ternura.

— É um lindo *happy ending* — observou.
— Eu preferia outro, mais feliz.
— Meu amigo... — ela disse tristemente, apertando minha mão.

Luísa não fugiria comigo para Alexandria, nem faria meus domingos mais amenos, nem terminaríamos de mãos dadas como no filme de Carlitos.

— Perdemos todas as chances — ela disse.
— Tive alguma chance, alguma vez? — perguntei.
— Teve — Luísa murmurou, ao me abraçar.

Ao sair, voltou para mim o rosto transtornado por tantas evocações e me acenou, triste, como no tempo em que tudo começou a ficar tão triste entre nós.

IV
Marga

A
Maria Inês Zanchetta
Regina Cardillo
Susana Camargo
Zuleika Alvim

"Tenho missão tão grave sobre os ombros."
Adélia Prado
A boca

Estou colocando o avental para começar a trabalhar quando o cozinheiro vietnamita pergunta se tenho mais detalhes sobre o Chile.

— Que foi que aconteceu no Chile?

O rádio acabou de transmitir. Golpe de Estado. Santiago está em chamas. Corro para uma cabine telefônica e ligo para o Brasil.

— Luísa está?

— Dona Luísa saiu para jantar com o seu Mário. Quer deixar recado?

Como é possível Luísa ter coragem de sair para jantar num dia como este? Vou para casa e lhe escrevo uma carta enfurecida: "O Magro tem toda a razão sobre você".

E a resposta:

"O Magro *tinha* toda a razão sobre mim. Ele morreu, Marga. Morreu no Estádio Nacional. Para desespero de Mário, tenho me vestido de luto. Não por dever, mas por impulso inconsciente. Todas as vezes que abro o armário, minha mão recai sobre um tom escuro. Estou sofrendo, Marga, e não tenho onde nem com quem chorar."

— O que aconteceu? — pergunto a Luísa, que entrou batendo a porta.

Luísa arrebentada, grávida outra vez. Deito-a na cama e ofereço-lhe um cigarro. Numa tragada, um impulso de vômito, a expressão apagada.

— Nem isso, Marga. Estou enjoando.

Luísa enfia a cabeça no travesseiro e chora.

— A gente dá um jeito, já demos uma vez.

Ela volta-se para mim, os olhos vermelhos, a pintura desfeita, escorrendo pelo rosto. Sinto uma grande ternura por seu abandono. Pego sua mão, acaricio seus cabelos rentes de prisioneira. Luísa está grávida e mais uma vez quer o filho. Chora porque o Magro não quer. Paulo-Magro está lá em cima, com onze pessoas no quarto, pontificando sobre as Ligas Camponesas.

— As Ligas Camponesas, Marga. Julião no México, mas ele insiste. Paulo só está dando lições de história, não entendeu nada. Cheguei ao quarto, e ele nem disse boa-noite. São duas da manhã, eu quero dormir, morro de sono com esta gravidez e não posso dormir. Cheguei ao quarto e disse: "Preciso falar com você, Magro", mas ele já disse o que tinha a dizer. Continuou falando de Julião. Nos comeram pelas pernas, e ele não percebeu. Eu quero este filho, eu não quero mais aquela sensação vazia de dor e de culpa. Eu sou muito antiga, Marga. Ainda sofro com essas coisas que não são naturais.

Abaixo Nara Leão e aqueço um copo de conhaque. Luísa assiste ao meu ritual de fraternidade. Macieira. Estendo-lhe o copo. Luísa-Magra, os joelhos encostados no queixo, o copo nas mãos finas, os dedos trêmulos, a expressão grata nos olhos de menino assustado.

— Dorme aqui. Depois do conhaque eu preparo um leite quente com gema crua e muito mel. Daqui a pouco você desaparece de tão magra.

Luísa sorri. Deito-me na cama ao seu lado. Amanhã falo com Paulo e o obrigo, no mínimo, a acompanhar Luísa ao aborteiro.

— Quer um conselho, Magra? Cai fora e vem morar comigo. Este apartamento dá bem pra nós duas, e a gente vai agitar muito esta cidade.

Luísa acende um cigarro. O nojo outra vez, outra vez a expressão sombria.

— Eu queria estar no meu quarto, na minha cama, ouvindo mamãe cantar suas árias, e pensar que estou protegida.

Magra tem saudade do cheiro limpo dos lençóis, do tapete macio, do pai diante da televisão e da mãe ainda sonhando com uma carreira.

Preparo o leite para Luísa. Amanhã sem falta falo com o Magro.

Abro a porta do apartamento do Magro. Paulo cavalga Luísa, e Luísa geme. Paulo é o primeiro homem de Luísa. Fecho a porta e recordo meu primeiro homem. Armando, de Catanduva, cursando Medicina em São Paulo. O *drive-in* na avenida Santo Amaro. Jamelão cantava "ela disse-me assim, tenha pena de mim...", e ele propôs:

— Vamos para a minha casa?

Eu tinha acabado de ler *Chocolate pela manhã*.

Vamos.

Era tão fácil na literatura. (Como se chamava mesmo a heroína de *Bom dia, tristeza*?)

— Foi feliz?

No tempo em que eu fazia amor não era feliz.

— • —

Vou para o Ponto de Encontro à procura de Benê e dou com o Raul.

Raul pergunta se estou abonada. Exibo um cheque em branco, presente de amigo, o mesmo que patrocina os abortos de Luísa. Ele é de peixes, por coincidência eu sou de aquário.

— Tão chique ter amante rico, corretor da Bolsa, família histórica, o Benê não se importa?

— Benê não costuma fazer perguntas. Nosso amor é leve e sem compromisso, e eu só encontro o corretor uma vez por semana. Gustavo é seu nome. Eu o chamo de Gugu. Não peço nada, e ele é gentil. Como um parente, um parente rico, graças a Deus. Aceito seu fraco por corridas de automóveis, ouço as queixas da vocação frustrada de piloto de provas. No fundo, no fundo, ele quer ser outra coisa que também não tem a menor importância. Mas o escuto atenta, faço confidências irrelevantes, e ele aperta minha mão, grato pela confiança.

"Você é a única pessoa a quem posso dar um cheque em branco."

"Sou uma pessoa modesta", digo, abaixando os olhos, despertando nele mais uma vez o desejo de me proteger.

E, ao final dessa inofensiva comédia, ele sempre diz que um dia vai romper com tudo para ficar comigo.

"É um passo muito arriscado. Pense em quantos dependem de você."

Eu o desestimulo em nome das responsabilidades familiares e comerciais. Não custa nada a nós dois. Se comento das vicissitudes de um amigo, recebo um cheque sem comentários. Tem sido assim com Luísa. Gugu só é contra o aborto nas classes abastadas.

— Se o Paulo não for com ela ao aborteiro, eu vou — declara Raul ao saber da nova gravidez da Magra.

Raul adora Luísa e não compreende por que ela continua vivendo com Paulo. Mas a tolerância de Luísa com Paulo é inesgotável. Amor à primeira vista.

— Existe isso? — pergunto a Raul.

— Existe.

Tomamos conhaque no bar apinhado. Eduardo recita poesias. Vagos aplausos, alguns protestos. Madrugada de sexta-feira, público atípico do Ponto de Encontro. O melhor dia continua sendo quarta. No fim de semana, a burguesia invade para ver a fauna.

> Assim como a criança
> Humildemente afaga
> A imagem do herói,
> Assim me aproximo de ti, Maiakóvski

— Maiakóvski. Estes bostas nunca ouviram falar de Maiakóvski — murmura Raul, passando em revista os casais endomingados, tomando *scotch on the rocks*. A jovem senhora ao nosso lado acaba de pedir *peppermint* com gelo batido. O garçom arregala os olhos.
— Por que não vamos ao Zum Zum? — pergunta ela ao marido.

> Nos dias que correm
> A ninguém é dado
> Repousar a cabeça
> Alheia ao terror

— Vamos ao Zum Zum — ela insiste.
— Esse cara é comunista — observa o marido, referindo-se ao poeta.
Enfim os dois partem, e nós continuamos a divagar sobre amor à primeira vista.
— Como foi com Luísa e Paulo? — insiste Raul.
— Cruzaram-se no Grêmio. Uma semana depois ela deixava a casa dos pais. Foi mais resoluta do que eu, que esperei dois anos.
— Essa coisa da Luísa pelo Magro é doença.
— Já me propus financiar o tratamento, mas a Magra diz que nem Freud vivo poderia salvá-la.

Raul ri. Ele ri tão facilmente quanto chora. O poeta nos fulmina, mas o riso delicioso de Raul me contamina.

"Raul sabe rir e valsar", disse Luísa ao me apresentar Raul. Tinham se conhecido numa aula de literatura inglesa. Raul não era aluno regular do curso de anglo-germânicas.

— Na verdade não sou aluno regular de porra nenhuma.

— Raul. Que grande descoberta — repete Magra, desafiando Paulo, que se irrita com a amizade dos dois.

O Magro despreza a literatura decadente e teme que Raul contagie Luísa. Quando o Magro discursa, Luísa e Raul ficam um ao lado do outro, rindo e cochichando. Paulo se exaspera, não por ciúme, mas pela falta de respeito. Raul vive dizendo que só o anarquismo nos convém e seduz Luísa com atraentes propostas de liberdade.

A política nos lábios de Paulo é azeda, nos de Raul é poética. Evtuchenko está na moda, os Beatles também. Se estamos reunidos e os Beatles são o fundo musical, Paulo investe contra a nossa alienação. O Magro pertence à tradicional família nordestina e não entende inglês. Chegou a rasgar *The Waste Land*, que Raul comprara a prestação para dar de presente a Luísa. Não era ciúme da Magra, mas ódio por Eliot, monarquista e reacionário.

Luísa bateu à minha porta com o livro rasgado, em prantos, e eu subi para brigar com o Magro.

— Olha aqui, seu dissidente da aristocracia canavieira, sabe o que você está tentando destruir? Seu pai!

Ele arremessou *O capital* em minha direção, mas o livro passou por mim e estatelou-se na porta.

— Joga *Casa-grande e senzala*, seu filho da puta. Joga o que está mais perto de você!

O Magro proibiu minha entrada no apartamento, mas no dia seguinte desculpou-se e pediu dinheiro emprestado. Ele é Cavalcanti, do ramo pobre, marxista há várias gerações. Ofereci-lhe conhaque e fizemos as pazes. Precariamente. Estou sempre do lado de Luísa. Benê e

Raul também. Os outros são público fiel do Magro. Tudo o que ele diz é indiscutível.

> E por temor eu me calo
> E por temor aceito a condição
> De falso democrata
> E rotulo meus gestos
> Com a palavra liberdade

O poema está chegando ao final. Benê chega para os aplausos e nos abraçamos. Ele está pintando um quadro para mim.
— Em primeiro plano, uma caveira e uma margarida.
— Por que a caveira? — pergunto.
— Por causa do tempo em que vivemos, minha bela.
Mas eu sou uma *bagneuse* de Renoir e só me identifico com a flor. Estou na Galeria Metrópole às quatro da manhã, sou jovem, livre e não conheço a solidão. O poeta se aproxima e repreende nossa gargalhada durante o recital.
— Nada pessoal — assegura Raul.
— Por hoje passa, mas que não se repita.
Grave e solene Eduardo.
Saio de mãos dadas com Benê e Raul. Na avenida São Luís ensaiamos um número de musical da Metro. *Singin' in the rain*, e nem está chovendo. É uma noite clara de junho. No Largo do Arouche ganho um buquê de margaridas.
— O mundo pegando fogo e nós aqui entregues a uma festa interminável — digo com alguma culpa.

> Nos dias que correm
> A ninguém é dado
> Repousar a cabeça
> Alheia ao terror

Na saída do jornal, Luísa me convida para um conhaque. Tem um assunto muito importante para discutir. Paulo vai

desaparecer. Ela não sabe para onde ele vai nem deseja saber. Por segurança. O Magro convidou-a para ir, mas ela recusou.
— Não vou, Marga. Estou muito cansada. Você me imagina nessa organização? Se for presa, conto tudo. Ele ficou uma fera quando eu disse que não ia. Por um momento pensei que o Magro fosse sentir a minha falta. Que ironia! Estava só recrutando.
Benê já desapareceu, e com ele uma porção de amigos. Luísa comunica que vai voltar para a casa dos pais. A mãe tem implorado que ela volte. Está mudando de emprego também. Conseguiu um trabalho de assistente de arte numa revista de moda, e o pai lhe ofereceu um curso de artes plásticas.
— Eu não ia mesmo passar a vida inteira fazendo revisão.
— E a faculdade?
— Termino como puder. Afinal, nem é tão importante assim...
— O que você vai ser quando crescer?
— Artista gráfica — Luísa responde.
— Assistente de arte numa revista de moda... muito bem.
Olho decepcionada para Luísa. Sei que nada será como antes. As duas no mesmo edifício, quatro andares nos separando, a faculdade, o jornal à noite, a divisão de misérias e de expectativas, os amigos comuns.
— Vou sentir saudade de você — digo.
— Não estou indo para a África.
— Mas aquele sabor, Magra, já se perdeu com essa tua decisão de voltar ao lar paterno.
— Não vai mudar nada.
— Vai mudar tudo, começando por nossos horários.
— A gente pode continuar se vendo todos os dias — protesta Luísa.
— Quer saber de uma coisa? Vou batalhar uma transferência para a reportagem. Também estou de saco cheio da revisão. Não quero morrer como aqueles velhos quase cegos de tanto se debruçar sobre palavras. Quero movimento, muito som e fúria, é isso que eu mereço.

Luísa sorri. Nem parece estar sentindo a ausência de Paulo.

— De boa te livraste — observo, referindo-me ao Magro.

Raul telefona exultando de felicidade. Conheceu um jovem médico.

— Cláudio — me apresenta, num jantar muito íntimo. O jovem médico está de casamento marcado.

— Mas isso não vai mudar nada.

Raul se oferece para ser o padrinho, e Décio, *demoiselle d'honneur*. É uma pena que Luísa não tenha podido vir a esse jantar. Raul gostaria tanto que ela conhecesse Cláudio. E Paulo, por onde andará? E Benê? E os outros?

— Por que eles ainda insistem em redimir a humanidade? — pergunta Raul.

— Eles não querem redimir ninguém. Estão apenas querendo se salvar — declara Décio.

Cláudio não tem nada a declarar. Não gosta de política, embora o tio seja secretário do governo do Estado.

— É tudo uma sujeira, não vale a pena perder tempo com essas coisas.

— Qual é a sua especialidade? — pergunto ao jovem médico.

— Cirurgia plástica.

— Cláudio é um esteta — complementa Raul, absolutamente enlevado.

Dois meses depois me procura em frangalhos. Acaba de sair do Dops, onde esteve detido com Décio, Eduardo e outros "intelectuais".

— Um horror — me diz —, kafkiano. Queriam nomes. Justo de mim, de mim, Marga, que não tenho parte nessa trama. Não quero redimir nem salvar ninguém, nem sequer a mim mesmo.

Como se não bastasse, Cláudio, assustado ou decidido a levar a sério o casamento, não atende mais a seus telefonemas.

— Vou embora para uma ilha, minha amiga — comunica Raul. — É o lugar que convém a quem não tem lugar em lugar nenhum. Pessoas como eu incomodam todo mundo. À repressão e aos outros. Veja o que fizeram ao pobre Maiakóvski.

Mitigo a solidão almoçando aos domingos em casa de meus pais. Mamãe refugia-se na cozinha. Julinho, meu irmão, escuta a Jovem Guarda a todo volume. Papai, que não conversa comigo desde que os deixei, dá graças a Deus se a farmácia estiver de plantão. Depois do almoço, mamãe suspira e pergunta quando vou me casar.

Um dia perguntei: "Valeu a pena pra você?".

Ela nunca tinha pensado nisso.

Vou ao aeroporto para me despedir de Raul, que parte para Londres. Nos cartazes de "Procurados" afixados ao longo das paredes, vejo os retratos de Paulo e de Benê. Choro. Raul me abraça e me convida a partir com ele.

— Que horror, minha amiga.

Luísa me abraça e me pede calma. Recebeu uma carta de Benê. Ele está a salvo, em Paris. Benê escreveu para a casa dos pais dela. Questão de segurança. Mas a carta é dirigida a mim.

"Jantei ontem no La Coupole. (Obviamente não fui eu que paguei a conta.) Tão chique, Marga. Mas a Simone de Beauvoir não vai mais lá. (Não foi você que saiu de casa por causa de *Memórias de uma moça bem-comportada*?) Moro na rua do Hotel Montana, mas os correspondentes de guerra já foram embora. (Era Erhenburg ou Hemingway que falava do Hotel Montana?) Sartre não vai mais ao Deux Magots, e Fitzgerald não frequenta mais o bar do Ritz. Paris não é mais uma festa. É uma grande colônia de exilados. Tenho pensado muito em você e na sua inconsequência. Hoje de manhã esgotei os meus últimos dólares com um amigo em dificuldades. Seu estado era de quase penúria. E a sua consciência, voluptuosa criatura? Ainda não começou a incomodar?"

— • —

Meu primeiro contato é às onze da noite, numa padaria da Vila Mariana. Querem-me como elemento de apoio.

— É pouco — digo. — Quero mais. Vim disposta a trabalhar.

Ele é jovem, cearense, e olha para os lados, atemorizado.

— Algum problema? — pergunto.

O rapaz do Ceará insiste em que estão precisando de elementos de apoio. Perderam alguns aparelhos. Há muita gente caindo. Necessitam com urgência de fiador para um apartamento.

— Você é proprietária de algum imóvel?

— Não, mas posso arrumar dinheiro.

Convido Luísa para um chá na Confeitaria Vienense e participo minha decisão de ajudá-los.

— Fiadora. Que prosaico.

— Nem todos podem ser heróis na guerra.

— Loucura. Não faça isso, não há apoio da base, a classe média está sendo subornada pelo BNH, nós somos poucos e não podemos morrer.

Luísa me dissuade em nome de Trótski. Eu preciso ler *Comunismo e terrorismo*, e Lênin também fala do assunto. A Magra faz uma leitura pessoal da bibliografia do Magro. Paulo só lia Trótski para criticá-lo.

— Uma fiança, Marga. Você está se arriscando apenas por uma fiança.

Mudo de assunto. Minha decisão está tomada.

— Natal, Magra. Daqui a quinze dias é Natal. E o Benê em Paris morrendo de frio.

— Ele tem escrito?

— Quando encontra portador de confiança.

O Magro nunca enviou uma palavra. Luísa gostaria de receber alguma mensagem, ainda que fosse em código.

— De qualquer maneira, isso não faz mais diferença.

Luísa está de casamento marcado com um homem que não conheço.

— Marga, quem te emprestou o dinheiro para os três meses de aluguel antecipado?

— Gugu.

Explodimos numa gargalhada. O velho pianista nos dirige um olhar de reprovação. O violinista prossegue imune a todos os ruídos, desafinando seu "Danúbio azul".

Em junho estou na porta do cinema quando uma mulher se aproxima de mim.

— Suma. Os meninos caíram e contaram que você é fiadora.

— Gol do Brasil! — grita a bilheteira.

O eco da palavra "gol" ressoa pela cidade vazia. Em alguns segundos espocam rojões. O rádio da bilheteira toca o "Hino da vitória": "Setenta milhões em ação, pra frente Brasil, do meu coração".

Um carro passa com uma bandeira. Atrás, o decalque: "Brasil: ame-o ou deixe-o".

Luísa instala-me na casa dos pais enquanto providencia a minha saída do país.

— Isto é, se você quer mesmo ir embora.

— Me dê uma razão pra eu ficar.

— As de ordem afetiva.

— Eu não estou conhecendo mais ninguém, Magra.

Os amigos começam a trabalhar para o governo, a inteligência nativa mergulha no estruturalismo, a classe média compra o segundo carro e pensa que enriqueceu. Para não falar dos que estão aderindo à macrobiótica.

— Não, não há nenhuma razão para eu ficar.

Deito-me na cama de Luísa e tento dormir. Lá embaixo, dona Carmem acompanha ao piano um de seus alunos de canto. Todas as tardes ela sobe para mostrar seu álbum de recortes. Mal a entrevejo entre os componentes do coro, mas ela se dá muita importância. Seu Luís chega à noite. Depois do jantar abre o jornal e elogia Médici.

— A construtora do Mário acaba de ganhar a concorrência para uma grande obra no Oriente Médio. Mário deve ter tido uma participação importante nesse negócio — comenta.

— Ele é o diretor técnico — me esclarece dona Carmem. Ambos estão muito orgulhosos do casamento da filha.

— Um belo rapaz, o Mário.

— Bonito e bom — arremata dona Carmem. Ontem me confidenciou que tinha ido a uma cartomante e perguntara da Magra.

— A mulher me disse que Luísa abriria mão de tudo para viver um grande amor. Será que é verdade?

Vou para Paris via Uruguai. Benê me espera no aeroporto e seguimos direto para uma feijoada na casa de um companheiro.

— Já arrumamos emprego pra você — diz uma moça com forte sotaque nordestino. — Garçonete num restaurante vietnamita.

Benê quer voltar para o Brasil.

— Você vai morrer. Não vá.

A voz de Gil invade a sala apinhada. "Lunik 9." Aperto sua mão.

— Lembra-se?

Benê me abraça. A sobremesa é anunciada com júbilo.

— Goiabada com queijo!

— Goiabada com queijo, veja você — murmura Benê.

— Não vá, não quero que você morra — imploro.

Benê sorri, imortal.

Logo depois a carta da Magra e um recorte de jornal: mais um atropelamento fatal numa rua do Brás. Nosso amor era leve e sem compromisso. A minha dor, não.

Luísa chega a Paris com Mário a tiracolo. Finalmente Mário. Campeão paulista de polo aquático, bonito, elegante, formal.

— Que diabo de marido você foi arrumar?
E Luísa, explicando:
— Ele me ama, é o paraíso depois do Magro.
— Depois do Magro qualquer homem seria o paraíso. Mário me intriga, mas sou grata por sua gentileza. Todos os dias ele traz vinhos e queijos.
— Para a sua despensa — diz.
— Mário gostou de você — me assegura Luísa.
Recebo de presente uma capa de chuva. A etiqueta é famosa, como todas as etiquetas que a Magra está usando. Observo Luísa embonecada em sua displicência e pergunto se é feliz. Ela garante que sim. Está grávida de três meses. Dessa vez não enjoou.
Mário toma Château Mouton Rothschild e insiste em que eu experimente. Mário e Luísa me vestindo e me alimentando em Paris.
— Chegou minha vez de ajudar você — repete Luísa.
Estão de partida para a Itália. Magra vai a Nápoles só para ver a *Parábola dos cegos*. Passou pela Bélgica especialmente para conhecer Bruges. Em Londres, fascinara-se com o artesanato de William Morris.
— Você encontrou Raul em Londres? — pergunto.
— Tinha ido para Amsterdã.
— Que pena! — lamento.
Raul teria se surpreendido com essa nova Luísa, tão preciosa, tão exigente, tão difícil de se contentar.

Três meses depois reencontro a velha Luísa numa carta desesperada. Paulo tinha voltado e durante uma semana se refugiara na casa dela.
"Foi horrível, Marga. Durante sete dias, o pavor. E eu sem coragem de encarar Mário. À noite, no quarto, eu pedia perdão, mas a gente tinha que ajudar o Paulo, se não fosse por mais nada, por tudo isso que está aí fora. E o Magro impaciente, bebendo, batendo portas, esperando uma mensagem que nunca chegou. O dedo sempre em riste me

acusando por causa do Mário. Mário era o que faltava para ele confirmar todas as previsões a meu respeito. Quando a casa estava vazia, o Magro vinha para mim com aquele jeito sem graça de se desculpar e pedia para eu fazer amor com ele. Era tão sofrido, tão terrível, o reencontro. Enquanto a gente se amava, eu ficava imaginando que a criança na minha barriga estava sendo feita pelo Magro naquele instante."

Se Paulo tivesse pedido, Luísa teria partido com ele, mas o Magro se despedira sem um abraço. "Nem olhou para trás." Foi um amigo que disse a Magra que Paulo chegara a salvo a Santiago.

"Entendo que você esteja aniquilada, mas num certo sentido a morte do Magro te liberta dele", escrevo a Luísa.

De tempos em tempos ela vem a Paris e nos dizemos o que é impossível dizer por carta. Relembramos velhos tempos, tomamos conhaque, vagabundeamos quando posso. Meu tempo é escasso. O restaurante me ocupa à noite; as mulheres, durante o dia. Magra não concorda com a minha recente militância feminista.

— É tão sectário — observa. — Por que entrou nessa?

— Por causa de mulheres como você, a sua mãe e a minha mãe.

Luísa ri. Supõe que eu esteja brincando.

Na última visita é portadora de uma carta de meu pai. Mamãe está muito doente. Devo voltar, Julinho andou se informando com gente "lá de dentro" e parece que não há nada contra mim.

— Eu acho temerário — considera Mário.

Em todo caso, mandará um advogado me esperar no aeroporto. Luísa promete mobilizar a imprensa caso eu seja detida.

— Ou volto agora, ou sinto que não volto nunca mais.

— • —

Na festa em casa de Décio, reencontro meu passado.

— Perdemos a batalha, mas não a guerra — diz um antigo companheiro. Faz um mês que ele saiu de Ilha Grande.

Abraço Raul depois de sete anos, a pele queimada pelo sol do Egeu e muito magro. A causa, fico sabendo, tem raízes antigas.

— Lembra-se de Cláudio?

Estava em Roma num congresso de medicina e telegrafara a Raul em Mikonos dizendo que gostaria de vê-lo. Bob, o amigo americano, parecera aceitar muito bem a viagem, mas, quando Raul voltou, fechou-se num mutismo aterrador. Uma noite, sem aviso, suicidou-se.

— Não tive sequer a chance de lhe pedir perdão.

— De volta ao lar! — exclama Décio, abraçando nós dois.

Já perdi a conta das vezes em que Décio repetiu "de volta ao lar", abraçando a mim e a Raul. Assim como perdi a conta das vezes em que ele me perguntou se era sério mesmo "esse negócio de você querer fundar um jornal para mulheres".

— Claro que é.

— Você realmente é uma pessoa ousada.

Décio não acha prudente eu investir num empreendimento tão arriscado. Mário também não. Os amigos jornalistas dizem que vou perder dinheiro, sob o argumento de que cedo ou tarde a abertura virá e a imprensa nanica perderá sua função. Mas continuo determinada.

— Que inveja, Marga! Continuar lutando, acreditando, é maravilhoso! — exclama a velha conhecida que em 1965 militava na IV Internacional. Agora é fotógrafa de moda. Qual é a surpresa? Cada um compactuou a seu modo. A falsa admiração é apenas uma das formas da inércia.

Passo em revista convidados e anfitrião e constato a prosperidade de cada um. Todos se arranjaram muito bem, embora lamentando a nossa sorte. Décio chegou a ir para a Índia, foi "macrodoente" até descobrir o mercado de arte. As paredes do seu apartamento estão repletas de quadros mais ou menos valiosos. Presentes dos artistas ao crítico renomado. Um grupo examina um recém-adquirido Clodomiro Amazonas.

— Os acadêmicos estão na moda — murmura alguém a meu lado.

— Comprei por uma pechincha! — afirma Décio. — Dois mil dólares! Um *marchand* amigo meu já o quis comprar por dez mil!

— Você ouviu? — comento com Raul. — Dois mil, uma pechincha! Se ele sair do Brasil com essa tela, quanto lhe darão por isso?

— Cinquenta dólares no Mercado das Pulgas.

— Mudei eu ou mudou o Natal, Raul?

— Nada mudou. Essa é a única e verdadeira grande tragédia.

Décio me apresenta alguém que escreveu um romance "maravilhoso". Atrás de mim um publicitário "maravilhoso" tece considerações sobre o marxismo:

— Basicamente é uma questão pessoal, um compromisso moral numa determinada fase da vida. Claro, um certo saudosismo permanece.

Vou até Luísa e pergunto como juntar as peças esfaceladas, como dar a volta por cima na questão moral e pessoal, em quem se pode confiar, para quem devo voltar minhas esperanças. A Magra me acalma: a história do século XX está sendo feita por linhas tortas, e é por linhas tortas que chegaremos lá.

Das lições de Paulo, o otimismo marxista. E ela diz "chegaremos" na primeira pessoa do plural, embora eu saiba que para a Magra a questão política também é uma questão pessoal ou, mais que isso, uma questão afetiva. Arriscou-se pelo Magro e por mim. Tudo podia acontecer naquela viagem em que ela o levou, grávida de seis meses, a Curitiba. Havia batidas policiais na estrada, e a rodoviária estava estritamente vigiada.

— Por que você não aproveita a festa para arrumar um namorado? — sugere Luísa.

Décio convidou Torres, antigo colega das *Folhas* que, segundo a Magra, teria nutrido uma secreta paixão por mim. Nunca soube disso.

— Ele tinha acabado de sair do seminário e era muito tímido.

Mal reconheço Torres atrás da barba. Ele me cumprimenta calorosamente, mas não deixa de observar que estou muito mudada.

— Engordou um pouco, não engordou?

— Efeitos da manteiga francesa — explica Raul.

— Como é que é? Vai voltar a fazer reportagem outra vez? — pergunta Torres.

— Num certo sentido. Vou fundar um jornal para mulheres.

— A prosperidade bateu à sua porta?

Não foi exatamente a prosperidade, tento explicar. Com a morte de mamãe, papai vendeu a farmácia e deu uma parte a cada filho.

Minutos depois Torres e eu discutimos com veemência. Ele acha absurda a ideia de um jornal só para mulheres. Se quero dirigir-me aos oprimidos, que me dirija a todos, sem distinção de sexo. Ele não suporta feministas. Além disso, está casado, e eu não sou mais seu tipo.

Vou assiduamente à casa de Luísa, mas não consigo ver em Mário mais que um engenheiro polido e amante de vinho francês. Ele jamais fala de si e, quando o faz, é pura superfície: o trabalho, a vida social e tudo o que decorre disso.

Entre mim e Mário há incompatibilidades básicas, e nosso relacionamento se mantém dentro de rigorosas bases formais. Quando chego para jantar, ele me recebe cordialmente. Trocamos vagas impressões sobre os acontecimentos do dia com a cautela suficiente para não discutir.

Sua conversação com Luísa também é mantida em bases formais. Se ela pergunta como foi seu dia, ele a informa com minúcias. Da reunião pela manhã. Do almoço e do cardápio do almoço. Do encontro importante à tarde. Omite, naturalmente, o que é confidencial.

Luísa escuta-o com educado interesse e aguarda o momento de passar ao segundo item da pauta: os planos para o fim de semana, os convites e telefonemas recebidos. A agenda é intensa. Vez por outra, ela comenta sobre seu trabalho. A menina — suas graças e seus progressos — ocupa toda a sobremesa. Depois do café, Luísa retira-se para o beijo de boa-noite na filha, e Mário me pergunta do jornal.

— É deficitário — respondo sempre. Na verdade, estou falida.

— Não foi por falta de aviso.

— Mais vale um gosto...

Mário não entende o gosto em vender um jornal de redação em redação, de bar em bar, para que seja possível distribuí-lo gratuitamente às mulheres da Zona Leste. Então sai da mesa e vai assistir à televisão para deixar a mim e a Luísa "mais à vontade".

— Luísa, que relação é essa?

A Magra me olha desamparada. Gostaria que eu não fizesse perguntas.

— Mário é um homem muito bom.

— Você me lembra uma mulher grávida que conheci em Ermelino Matarazzo. Eu lhe entreguei o jornal, e ela o devolveu, lamentando ser analfabeta. Veio de Tremedal, perto de Vitória da Conquista, tem quatro filhos, e o marido, pedreiro, mora com outra em Mogi-Guaçu. "Mas toda semana ele vem e deixa dinheiro para a despesa. Ele é muito bom, dona." Olhei para a mulher grávida e para os jornais na minha mão, e um grande desânimo tomou conta de mim. O mesmo que senti agora ouvindo você justificar uma relação claramente insatisfatória em nome do "homem bom".

— Mas eu sou muito diferente dessa mulher.

— Na casca. Há regiões na sua alma em que você é muito semelhante a ela.

Luísa fica em silêncio, e eu insisto:

— Entendeu?
— Quando está ficando insuportável, me tranco no ateliê e pinto.
— De vez em quando também arruma um namorado. Um flerte, nada sério.
— Nada sério — me assegura.
— No momento tem em Rogério um admirador.
— É muito engraçado.
Conheço Rogério, tornei-me sua amiga e não acho nada engraçado. Luísa num momento se insinua para ele. Noutro, é distante. Rogério muitas vezes me procura para desabafar. Não sabe como interpretar esse jogo alternado de estímulo e desencorajamento.
— O que você está fazendo com Rogério é crueldade.
— Você não tem o menor senso de humor.
Luísa ri. Diz que sou muito séria. Eu preciso me divertir, namorar, dançar, resgatar a jovem alegre que fui. Para começar, devia procurar Gugu.
— Não há mais lugar para Gustavos na minha vida, Magra.
— Você é muito moça para abdicar de um companheiro.
— Exatamente, Magra. Quero um companheiro. Aliar os prazeres da cama aos da cabeça e aos do coração. Isso tive com Benê. Foi um privilégio, reconheço. Mas me tornou muito exigente em relação ao chamado sexo oposto.
Luísa assente. Lamentavelmente, confessa, ninguém conseguiu supri-la. A Magra desconhece a experiência de completude. Com um, a paixão; com outro, afinidades eletivas, e assim por diante. Os amigos, é claro, entram no cômputo. E evoca uma imagem felliniana: ela numa cama enorme, cercada por todas as pessoas importantes da sua vida. Cada uma, à sua maneira, contribui com uma parte.
— Você abriria mão de tudo para viver um grande amor? — pergunto.
Luísa me olha intrigada. Explico que dona Carmem um dia foi a uma cartomante e voltou muito preocupada com essa possibilidade.

— Mamãe morre de medo de que eu acabe com meu casamento — diz Luísa tristemente.
— E se você se apaixonar por outro homem?
— Eu sempre me apaixono por quem não devo. É a minha irresistível atração pelo abismo.

Duas horas da manhã, o telefone toca e Luísa me conta de Sérgio. Tinham saído da festa de Natal e ido a um motel. Luísa, excitada, descartava a hipótese de um caso sério. Mas estava se divertindo, garantia. A corte, afinal, tinha se estendido por quase um mês.
— Sérgio? — pergunto, desanimada.
— Sim. Ele é mordaz, inteligente.
Aprovaria a escolha se não estivesse cansada de pessoas cáusticas. Elas devoram lentamente a si mesmas e a quem está ao seu alcance. Quando eu ia vender o jornal na redação, Sérgio fazia coro com Torres e investia contra o "feminismo de fancaria".
— Cuide-se — digo à Magra.
Na verdade, o que a movera para Sérgio era de natureza muito semelhante ao que a tinha movido para o Magro. Não o amor à primeira vista. No caso de Sérgio, demorou alguns meses até que Luísa o percebesse. Um dia, porém, foi despertada por seu sarcasmo.
— Ele fez algum comentário ferino a respeito do casamento, e eu gostei. Lembro que tinha nas mãos uma foto do Gary Cooper quando ergui a cabeça e o notei. Sérgio era tímido, mas não um tímido de olhar inocente como o galã que eu tinha nas mãos. Seu olhar era duro. Ele é do tipo que sacrifica uma amizade por um comentário maldoso.

Luísa assustava-se com o fato de Sérgio não ser uma boa pessoa e saber que exatamente por isso estava sendo atraída para ele.

— • —

Encontro Sérgio numa reunião do Sindicato.
— E o jornal? — ele pergunta.
— Fechou.
— É uma pena.
— Não seja falso. Você odiava o jornal.
No fundo, no fundo, era pura inveja, diz ele. Morre de inveja de mim, que sobrevivi a tudo e continuo mantendo acesa a chama. Ele está desesperançado e apavorado com a velhice.
— A velhice... — diz. — De vez em quando me olho no espelho e pergunto o que fiz de minha vida. Esboços, apenas esboços. Deixei tudo por terminar. Tudo à mão. Era preciso apenas um pouco de coragem e paciência para ir até o fim. Você foi.
— Eu vou — respondo.
— Acredite ou não, mas o melhor período de minha vida foi no Presídio Tiradentes.
Eu acredito. Ele tinha todo o tempo do mundo para pensar, ler, escrever, discutir.
— Era só uma prisão. As daqui de fora são várias e mais terríveis, porque mais sutis. Sou um caso perdido, Marga. Se tivesse morrido como Paulo, haveria ao menos uma aura de heroísmo salvando minha existência da mediocridade.
Desde que trabalhamos na mesma empresa, Sérgio tem se aproximado de mim. O objetivo é claro: saber de Luísa. As perguntas referem-se sobretudo a Paulo, ao "herói", como costuma dizer.
— Você sabe, para mim é sempre um prazer escutar alguém que foi testemunha ocular. Eu não fazia parte da mesma turma dele, nem pertenço à galeria de presos históricos. Só o conhecia de nome.
Satisfaço a curiosidade de Sérgio nos limites permitidos pela minha lealdade à Magra.
Raul, afinal, já lhe contou muitas coisas, e Rogério de vez em quando exibe o calhamaço de recortes sobre Paulo.
Tento saber de Luísa a razão de tantas perguntas, mas obtenho dela um vago "não sei".

A Magra alterna euforia e depressão com uma rapidez vertiginosa. Esse estado é consequência de sua relação com Sérgio.

— No começo foi perfeito, agora passamos a maior parte do tempo nos agredindo.

Sérgio defende-se de Luísa, destruindo-a. Ele já descobriu que o modo mais eficiente de destruí-la é frustrar suas expectativas. Luísa defende-se de Sérgio disparando farpas em todas as direções. Sérgio, porém, não é o único atingido: no seu caminho também estão Mário e Rogério. A Magra trai cada um de diferentes formas, e sua capacidade de magoá-los parece ter se tornado infinita.

No dia seguinte à festa do aniversário de Luísa, Mário me convida para almoçar. Luísa bebera demais na noite anterior e se traíra grosseiramente. Mário agora sabe que Luísa tem um caso. Está apenas em dúvida se é Sérgio ou Rogério. Ambos estiveram na festa. Com ambos o comportamento de Luísa foi inusitado.

— Não estou sabendo de nada — digo.

— E se soubesse não me diria.

Abaixo os olhos. Antes de sair para esse almoço, procurei Luísa e exigi que ela dissesse a Mário que está apaixonada por outro homem. Pedi que Rogério não mais fosse usado para magoar Sérgio. Sugeri que ela procurasse Sérgio e confessasse seu amor.

— Não.

O *não* de Luísa foi obstinado. Sérgio não cessa de feri-la. Na noite anterior tinha saído da festa com uma repórter e passado a noite num "HO" da cidade.

— Quem contou a você?

— Ele. Hoje de manhã, à hora do café.

— Pode ser mentira.

— Não é.

— Por que você não liquida esse caso de uma vez?

— Está no fim, Marga. Vai terminar quando a gente esgotar a resistência e a capacidade de se magoar reciprocamente.

Olho para Mário, que está sofrendo e pela primeira vez desabafa comigo. Nós, os amigos de Luísa, subestimamos esse engenheiro polido.

— Se não costumo falar de mim, é apenas por discrição. No entanto, sou capaz de rir, de me magoar, de ser solidário.

Eu sei. Por delicadeza, Mário omite as diferentes circunstâncias em que me ajudou. Da última vez cobriu um cheque de quinhentos mil — a dívida do jornal. Que eu pagasse como pudesse.

— Só não sou mais caloroso porque sou assim, uma pessoa reservada. Sempre fui, desde garoto.

Aperto sua mão.

— Até quando Luísa acha que pode levar esta situação?

Mário deplora a Magra e coloca em dúvida suas teses de emancipação. Gostaria que ela chegasse e colocasse objetivamente: "Tenho um caso, quero me separar". Mais do que ofendido, ele está decepcionado com sua traição.

Procuro negar as suspeitas. Ele aperta minha mão compreensivamente. Entristeço-me com o fato de não poder consolá-lo como ele merece, mas isso implicaria dizer a verdade.

Três dias depois, chegando em casa, encontro um bilhete de Mário sob a porta: "Preciso falar com você urgentemente". Ligo para ele e me escuso. Mal tenho tempo para comer e dormir.

Luísa não aparece em casa. Por onde ela anda? Quem está com ela?

— Mário, a classe está em greve, você não acha que eu tenho mais o que fazer do que vigiar a sua mulher?

— Desculpe — ele responde do outro lado.

— Não fica assim...

Ele desliga. Depois da greve, prometo, vou procurá-lo.

Naquela tarde, ao sair da assembleia na Casa de Portugal, Raul tentara saber de mim por que Luísa estava tão íntima de Sérgio.

— Os dois praticamente não desgrudaram um do outro desde que essa merda de greve começou. Não me diga que tudo isso é zelo sindicalista, porque eu não vou acreditar!

— Não faço a menor ideia do que seja.

— Eles nem são a favor da greve! Você ouviu o discurso de Sérgio!

Sim. Ouvi. "Greve suicida." Seu medo apregoado numa assembleia de mil e duzentas pessoas. Suicida pela ação reticente de gente como ele, Luísa, Raul e quantos mais?

"Já conheço os passos dessa estrada, sei que não vai dar em nada...", cantarolava Raul na porta do Tuca quando fora decretada a greve.

— Como é que um cara com o teu passado teve coragem de assumir aquela posição? — cobrei de Sérgio ao final do seu discurso.

— Qualquer idiota pode prever os resultados! — defendeu-se. — E eles são contra nós! Não somos os metalúrgicos do ABC, não temos controle sobre a produção, os gráficos não pararam, os jornais continuam saindo, como a revista também sairá!

— Eu só não entendo por que, tendo essa posição, ele continua a participar de todos os piquetes! — observa Raul.

Como Mário, Raul tem certeza de que estou sonegando informações.

No domingo recebo a visita de Luísa. Está voltando da casa de Rogério. Foi tentar convencê-lo a aderir à greve, sem nenhum sucesso. Rogério exultara quando a vira e ficara desapontado ao saber das razões que a tinham levado até lá.

— Você não quer me convencer de que só foi à casa dele pra tentar conseguir sua adesão?!

— Não — murmura Luísa.

— Posso saber o que levou você até lá?

Luísa encolhe os ombros. Não sabe. Senta-se nas almofadas e acende um cigarro.

— Mário está me procurando insistentemente para saber de você. Aliás, ele já tem absoluta certeza de que você tem um caso.
— Era de prever.
Luísa deita-se.
— Estou tão cansada...
A Magra não aguenta mais a pressão do marido, o desencontro com Sérgio. Como se não bastasse, Rogério a pediu em casamento.
— Não é ridículo?
— Ridículo, Magra?
— A palavra é muito forte, não é?
— Prefiro me abster das questões semânticas. Também eu estou cansada. Cansada de ser sua cúmplice. Cansada de trair o Mário e o Rogério. Cansada de me desviar do Raul. Ao contrário de você, eu suporto mal a ambiguidade.
Luísa não se move. Está deitada no chão, os olhos no teto, enquanto os dedos apagam o cigarro. Volto para a máquina e continuo a carta ao amigo distante.
— Por que eu seco tudo ao meu redor?
A Magra, com a voz embargada, fala de desertos. Observo Luísa em seu abatimento. Só na época do Paulo ela foi tão magra e infeliz. Gostaria de lhe oferecer um conhaque, jurar amizade eterna, mas esgotei minha capacidade de empatia.
— Você vai à assembleia de hoje à noite?
É só o que consigo perguntar.

Encontro Sérgio no Quincas Borba. Fala da greve, da derrota, da minha demissão.
— Marga, você se dá conta do que esta derrota significou?
E fica de olhos perdidos, repetindo "você se dá conta". Ao fim do primeiro chope, diz compreender o que o velho queria dizer.
— O velho de *A grande viagem*. Estava num trem de prisioneiros. Suas últimas palavras antes de morrer foram: "Vocês se dão conta?".

Atrás de nós, alguém comenta o número de demitidos nas *Folhas*. Torres aproxima-se e lamenta minha demissão.

— Não entendo. Você estava tocando tão bem a revista.

— Fui o único elemento de confiança a aderir à greve. Imperdoável. Afinal, eles tinham fechado os olhos aos meus antecedentes.

Torres coloca sua mão em meu ombro, solidário. Se eu precisar de alguma coisa, está às ordens. Todos dispostos a me ajudar. Rogério, Carlinhos e agora Torres, penalizado com meu infortúnio.

— Você se dá conta? — pergunto a Sérgio.

— Luísa gosta muito de *A grande viagem*. Aliás, ela rompeu comigo, com Mário, com tudo. Está de partida para o Rio, mas é claro que você já deve saber...

Sei. Pela manhã estive na redação e recolhi o que deixara nas gavetas. Rogério estava curioso porque a Magra me tornara depositária de seus segredos.

— Posso ajudar? — sondou.

— Pode. Preciso de dois envelopes grandes para guardar esta papelada.

— O que você vai fazer com tudo isso?

— Guardar comigo.

Bilhetes, cartas, cartões, folhas destacadas da agenda. Todo o correio sentimental da Magra trancado nas gavetas de sua mesa de trabalho. A Magra só levava para casa o que Mário podia ler.

— Fique com esse material — tinha dito ao me entregar a chave. — Rasgue, ponha fogo, faça o que quiser, mas não o mostre a ninguém.

— Por que Luísa não veio pessoalmente pegar as coisas dela? — perguntou Rogério.

— Anda muito ocupada com a exposição.

— Ah! A exposição...

Nair aproximou-se, chorosa. Todo mundo indo embora. Primeiro eu, agora Luísa. E me ajudou a recolher fotos e recortes que a Magra tinha afixado na baia.

— Verdade que ela vai para o Rio? — perguntou Nair.
— É verdade, sim.
Rogério me olhou surpreso, caminhou em direção à sua sala e fechou a porta.
— Aposto que ele vai pedir transferência para o Rio — cochichou Nair.
Pior. Devia estar chorando.
Sérgio ergue o copo e brinda a Luísa. Na mesa ao lado alguém cantarola "Detalhes".
— Você se dá conta?
— Estou aliviada porque a Magra rompeu com você — declaro a Sérgio.
— Por que você não gosta de mim?
— Eu também não gostava de Paulo. Eu não gosto de ninguém que lhe faz mal.
— De que maneira Paulo fazia mal a Luísa?
— Não gostava dela.
— Não é meu caso — ele protesta.
— Não?
Sérgio se exalta. Ele ama Luísa e procurou amá-la da forma mais sensível. Se frustrou as expectativas dela, foi por uma limitação pessoal. Ele tem dificuldade em falar de certas coisas.
— É verdade que as coisas se deterioraram muito nos últimos tempos, a gaiola fatal, aquela festa de aniversário, a inquietação crescente de Luísa, a greve. Até a greve, meu Deus, até a greve...
— Vocês são dois covardes na ação, no amor, dois bostas, é o que você e Luísa são.
— Tenho muita inveja de você, Marga. Mas perdi a inocência, tenho mais de quarenta anos e não dá mais para me perder na terceira voluta da direita.
Também tenho mais de quarenta anos. Acumulei mais desencantos do que ele, mas ainda não me rendi. No apartamento da rua Maria Antônia havia no meu quarto uma parede de espelhos. Agora tenho apenas um, o do armário do

banheiro. De manhã, quando ele reflete a imagem do meu rosto devastado, penso nas palavras de minha mãe quando cheguei da França: "Como você envelheceu!". Ela estava com câncer, mas sua pele continuava de pêssego. A recompensa de uma vida em brancas nuvens.

— Sua mulher sabe que você teve um caso? — pergunto a Sérgio.

— Coitada da minha mulher — suspira Sérgio.

Luísa também se referia muitas vezes à mulher de Sérgio como coitada e não percebia que a seu modo — um modo mais refinado — era mais coitada do que ela. Porque a Magra não foi apenas vítima das deformações afetivas de Sérgio, mas das suas próprias. De pouco lhe adiantou ser inteligente e informada. Quando a relação chegou ao fim, seu fracasso não era menor que o da mulher de Sérgio — a dona de casa simplória, resignada em seu papel de sofredora.

— Vou sentir muita falta de Luísa — murmura Sérgio.

— Estou com sono — digo. — Passa das três da manhã.

Sérgio pede um conhaque para mim, tentando me reter. Precisa conversar com alguém. Quando eu sair, vai sentar a outra mesa, como tantos solitários da noite. Penso em Raul no centro da cidade à procura de um rosto. O último ameaçou-o com uma faca, levou-lhe o relógio e a corrente Cartier.

Estou muito cansada. Levanto-me e beijo Sérgio no rosto. Ele se oferece para me levar em casa, mas eu quero andar um pouco. Acompanha-me em silêncio até a esquina da avenida Rebouças e faz sinal a um táxi. Abraçamo-nos. Pela primeira vez sinto uma grande ternura por ele. Esqueço seu sarcasmo, nossas brigas. Durante a greve ele me chamava Dame Libelu, a nota permanentemente ferina — sua marca registrada. Mas ele me abraça e penso na Magra. Luísa chegando para mim em frente ao *Estadão* durante a greve:

"Me empresta a chave da sua casa."

Luísa e Sérgio querendo fazer amor na minha cama, e eu imaginando que o caso já estivesse encerrado.

"É interminável, Marga."

Precisavam ir até o fim, ancorados no rancor e na impotência. Abri a bolsa à procura das chaves. Luísa angustiada.
"Obrigada. Não vou demorar."
Luísa de costas, se afastando. Sérgio à sua espera no carro. Magra triste. Sérgio amargo ao volante. Desânimo no piquete e alguém perguntando:
"Por que você não funda mais um jornal feminista?"
"Por que vocês não vão todos à puta que os pariu?"

Luísa para no meio do quarto, pousa sua mala e olha longamente em torno.
— Não mudou nada.
A Magra observa meu quarto com olhos diferentes, que não são os de quem se hospeda aqui a intervalos curtos, mas os de alguém que partiu e está retornando depois de muito tempo. No início, quando ela vinha, era visível seu desconforto. Magra pisava outra vez no cenário que associara a um desgosto amoroso.
Mas Luísa evoca Sérgio mais uma vez — ela e Sérgio neste quarto —, agora com saudade. O tempo passou, e Luísa, recuperada, pode enfim se entregar àquele tipo de nostalgia que seleciona apenas o bom, o belo e o agradável de cada momento.
— Como está Sérgio? — ela pergunta.
— Acho que bem...
Na verdade, vejo Sérgio muito raramente. Quando nos encontramos, somos breves. Mas esta é a primeira vez em muitos anos que Luísa pergunta de Sérgio.
Recordo sua desolação na partida. Mariana no colo de seu Luís. Dona Carmem aos prantos e a Magra me abraçando.
— Diz que vai passar, Marga. Diz que eu vou ser forte e feliz.
Luísa de olhos inchados. Eram muitas separações ao mesmo tempo. Raul temendo que ela se suicidasse. O eterno medo de Raul dos suicidas, e eu lhe dizendo:
— Ela vai sobreviver.

Tinha encontrado um apartamento aconchegante em Santa Teresa. Da janela, a poucos metros, via-se uma mangueira enorme. Depois um declive e um mar de telhados. Lá longe uma pequena selva de bananeiras e coqueiros. Ao fundo, a silhueta das montanhas de Niterói. "Os pássaros e as borboletas encantam Mariana", Luísa escreveu na primeira carta.

— Sérgio pergunta de mim? — Magra deseja saber.
— Sempre.
— E Rogério?
— Em Ubatuba. Mas não sozinho. Raul deu-lhe um cachorro.

Luísa ri, senta-se na cama, tira os sapatos e me joga uma almofada, como nos velhos tempos.

— Você parece ótima — observo.
— Estou muito bem.
— Ainda está sozinha?
— Um senhor empresário me corteja. Cinquentão, elegante, delicado. Um homem muito parecido com Mário.
— E você aceita a corte? — pergunto.
— Confesso que a solidão começa a me pesar. A você não?
— Uma tonelada.
— E você conhece tantos homens, Marga! Como é possível? No meu caso dá pra entender. Praticamente me fechei para o mundo. Mas você é uma mulher pública, circula, relaciona-se com políticos.

Raul também costuma perguntar, derrisório, por que, "não obstante" todos os grupos e comitês, continuo sozinha. Para ele, a militância mascara um problema maior ou menor, muitas vezes banal e frequentemente indigno.

— Você sabe, Paulo só queria agredir o lado aristocrata da família. Benê, porque não concebia que a vida fosse vivida a não ser na grandiosa escala do prazer e do risco. Sérgio, porque não tinha nada mais interessante para fazer. Para não falar dos outros, que entram porque têm pênis pequeno, para fugir da mãe, e assim por diante.

No meu caso "todo mundo" sabia que eu começara a militar para satisfazer um desejo de Benê. Depois, tornou-se um modo de me evadir da solidão.

— É claro que militar é muito mais divertido que assistir à televisão. Sem falar no aspecto meritório. Afinal, alguém tem que fazer certas coisas.

A mordacidade de Raul me exaspera e me insulta por sua leviandade. Muitas vezes, porém, ao chegar em casa depois de um dia particularmente exaustivo, desejo um companheiro. Qualquer um. Nesses momentos, penso em Raul, na minha solidão e nas muitas formas que ela assumiu em minha vida.

— Não, Magra, apesar de conhecer tantos homens, não tenho conseguido mais do que esses parceiros por uma noite. Eles sempre vão embora antes de o dia amanhecer.

— Eu não quero isso na minha vida — diz Luísa.

— Para me consolar, penso na função higiênica.

Luísa ri. Tem lido minha coluna no jornal que Carlinhos edita. Quando pode, escuta meu programa no rádio. Sou a única feminista que ela aprecia.

— Na semana passada você estava se referindo a mim, não estava? — ela pergunta.

— É provável. Você é um modelo acabado do que a mulher não deve ser.

— Na sua matéria você falava de uma mulher que se mostra profundamente ineficiente para se defender da destrutividade do parceiro e se deixa massacrar para que ele se avilte. Era em mim e em Sérgio que você pensava?

— Vocês não foram tão originais. Diariamente deparo com casos semelhantes.

— Eu mudei, Marga. Mudei muito.

— Espero que sim.

— Quando voltar ao Rio — diz Luísa depois de uma pausa —, começo a trabalhar sobre o tema "Reencontros". Vou representar você, Sérgio, Raul, Paulo, Rogério, todos. Sempre quis pintar Sérgio. O Farol de Alexandria ao fundo e ele em primeiro plano.

— Esse farol não existe há séculos.
— Esse farol foi muito importante na nossa relação.
— Simulacros, Magra. Vocês viveram de simulacros.
— O que você chama de simulacros eu chamo de fantasia, e sem ela não consigo viver.
— Nessa mostra, "Reencontros", o Mário também vai aparecer?
— Claro — diz Luísa sem convicção.
— Como será representado?
Luísa me olha, atônita. Não sabe me responder.
Lembro um almoço com Mário, já casado, o primeiro filho a caminho. Mário continuava perguntando de Luísa. Eu tinha recebido uma carta da Magra, Luísa em Paris, dizendo da saudade que sentia de mim e de Mário. Paris não tinha graça sem nós dois. Às vezes, seu alheamento era tal que podia caminhar quilômetros sem se aperceber da beleza ao seu redor. Não é que caminhasse entregue aos seus pensamentos. Simplesmente deixava de pensar. Tornava-se um ser passante, sem memória e sem porvir. Então voltava aos lugares onde estivera comigo e com Mário porque eles lhe evocavam emoções familiares. As coisas só tinham sentido e dimensão para ela quando as compartilhava afetivamente com alguém.
Eu havia mostrado a carta a Mário, esperando que fosse se sentir lisonjeado, mas ele a devolveu sem comentários.
— Ela pensa em você — lembrei.
— Luísa pensa nela o tempo todo. De resto, quem se contenta em ser apenas uma emoção familiar?
Quando Mário fala de Luísa é como se estivesse se referindo a uma pessoa que eu não conheço.
— Reencontros? — pergunta Rogério.
Caminhamos pela praia no fim da tarde. O sol se põe no horizonte — a hora favorita de Rogério. Caminhamos lado a lado, dividindo observações e silêncios. Rogério não é do tipo loquaz.
— Você vai ao *vernissage*? — indago.
— Claro. Quero muito rever Luísa.

Rogério continua abrindo o peito e expondo sua ferida à visitação pública. A foto de Luísa ainda o acompanha. No armário, caixas e caixas de fetiches.

— Você ainda vai me mostrar aquela papelada que recolheu das gavetas dela, não vai? — ele insiste.

— Não.

— Por quê?

— Porque não me pertence e eu não estou autorizada a mostrá-la a ninguém.

Rogério acalenta a esperança de que um dia eu lhe doe esse material. Ocasionalmente ele abre suas caixas, toca, cheira e percorre os fetiches de Luísa, como se a Magra estivesse ali, reduzida e aprisionada em cada objeto.

— Ele ainda continua agarrado àquelas porcarias? — pergunta Carlinhos, cada vez que vou passar o fim de semana com Rogério.

— Ainda.

— Você tem que falar na sua coluna sobre esse tipo de mulher safada que vira a cabeça de um homem e o deixa imprestável para o resto da vida.

— É melhor você explicar o caso ao responsável pela coluna de psiquiatria.

Desde que me concedera a coluna, Carlinhos fazia sugestões, na maior parte das vezes impertinentes. Na verdade, não fora a simpatia pela causa das mulheres que o levara a abrir um espaço no jornal para mim, mas simplesmente a vontade de atender a certa categoria de leitores.

— Seja polêmica. Polêmica vende jornal.

Ser polêmica, para Carlinhos, era denunciar casos em que as vítimas eram quase sempre os homens.

— Mulher para mim ou é santa, ou é puta, ou é meio-termo pentelho.

Santa era eu, puta era Luísa e o meio-termo pentelho, sua mulher.

— Tem razão seu amigo Raul, que só gosta de homens.

— Devo concluir então que você não vai ao *vernissage*?

— Que *vernissage*? — perguntou, espantado.
Estendi-lhe o convite com a observação de que ele também fazia parte dos reencontros de Luísa.
— Reencontros, é? — considerou Carlinhos mansamente. — Interessante...
— Você vai?
— Por que não?
A vaidade falara mais alto que o rancor.
— É uma bobagem essa coisa de Carlinhos contra Luísa. Ela nunca lhe fez nada — protesta Rogério. — Nem a mim. Exceto me trair.
Rogério abaixa-se para pegar uma concha da boca de Argos. Depois de analisá-la, devolve-a ao mar.
— Ontem Argos encontrou uma concha que pertence a um tipo de molusco muito raro nestas águas. Estou colecionando conchas.
— Você está sempre colecionando alguma coisa.
— Ele me ajuda — diz, referindo-se ao cachorro. — Treino-o todos os dias. Está melhor que eu. A coleta de ontem foi fantástica.
Sento-me na areia enquanto Rogério e Argos coletam conchas. Fecho os olhos e vejo Luísa diante de mim, contando, aos prantos, a última cena com Rogério.
— Ele me colocou no meu lugar, e o meu lugar é feito de mentira e sordidez.
A Magra se punindo por sua inconsequência. Só se deteve quando sua vida estava reduzida a um monte de escombros.
— Você ainda quer casar comigo? — grito para Rogério.
Ele ergue o corpo e sorri.
— Você é uma gozadora.

Uma janela enquadra em primeiro plano o vulto de um homem numa rua estreita. Ao fundo, a silhueta de um farol. A luz é solar, mas a atmosfera, noturna. Luísa carregou a tela de tons azuis. O marinho prepondera.
— É Sérgio? — pergunto.

— Pretende ser.
— É forte e bonito.
Luísa assente. O amor que representou é melhor que o amor que viveu.
— A maldita realidade está sempre aquém — diz com uma ponta de tristeza, que não é só parte da reflexão, mas de um telefonema de Sérgio.
Soubera pelos jornais que Luísa estava em São Paulo e a convidara para um drinque. A Magra aceitara, agora está arrependida. Não tem mais nada a lhe dizer.
— A não ser isto. — E aponta a tela: — *Sérgio em Alexandria*. Nem esse Sérgio nem essa Alexandria são reais.
As luzes da galeria se acendem. Luísa consulta o relógio. Já está atrasada para o encontro com Sérgio.
— Espero que pelo menos ele me divirta um pouco. No início, você sabe, a gente ria muito.
Luísa ajeita os cabelos e pergunta se está bem. Não é que pretenda seduzi-lo, mas não quer decepcioná-lo. Abre o estojo do blush e examina seu rosto no espelho. Reforça o batom, a sombra nos olhos e me pergunta:
— Estou bem?
— Ótima.
— Envelheci muito?
— Não — tranquilizo-a.
Luísa me beija e se vai. Olho novamente para *Sérgio em Alexandria* e meu coração se aperta. Durante o almoço, Luísa comunicara que ia se casar com o senhor empresário, tão parecido com Mário. Esse senhor não veio para a exposição. Ficou no Rio supervisionando a decoração do novo apartamento.
— É uma cobertura de frente para o mar — explicou sem entusiasmo.
— Você não gosta desse cara.
— Claro que gosto! — protestou.
— Você quer gostar. Mas não gosta. Talvez viva bem com ele por uns tempos. Mas não é por aí. Você sabe que não. Você quer muito mais.

— Eu gosto dele — reiterou. — E vai dar tudo certo. Não acredito. Conheço a face de Luísa apaixonada. Os olhos brilhantes, a pele viçosa, o riso constante, o ar excitado. Luísa está agora como naquele chá na Confeitaria Vienense, às vésperas de seu casamento com Mário. Composta, vagamente fatigada, racional. A Magra vai apenas repetir seu casamento com Mário, imaginando ser capaz de evitar todos os erros da imaturidade. Ela se supõe menos carente, menos neurótica, na idade ideal de saber "aproveitar" uma relação com um homem apaixonado.

— É preciso dois para dançar um tango, Magra — disse, referindo-me ao fato de que para o casamento "dar certo" é importante que ela também esteja apaixonada.

— Você sabe como eu sou péssima nesse tipo de dança.

Abri a gaveta da estante e retirei um envelope. Dentro, os bilhetinhos trocados no tempo em que Luísa era Zelda e Sérgio, Fitzgerald. Apesar dos simulacros, anunciavam uma bela paixão. Estendi-lhe o envelope e sugeri que ela os relesse. Luísa se escusou. Precisava passar pela galeria antes de se encontrar com Sérgio e já estava atrasada.

Olho para *Sérgio em Alexandria* e para Luísa, que parte ao seu encontro, e me surpreendo desejando que ambos acabem juntos, como numa feliz história de amor.

Escuto Luísa entrar e me levanto. Ela está parada no meio da sala, chorando silenciosamente.

— O que aconteceu?

Ela me acalma. Pura tensão. Nada aconteceu.

— Como foi com Sérgio?

— Fiquei muito perturbada — diz Luísa, encaminhando-se para o quarto.

— Não coloque as coisas no passado. Você ainda está muito perturbada.

— Começamos trocando figurinhas. Ele me mostrando fotos dos filhos, eu mostrando a foto de Mariana. Prometia ser um encontro divertido. Lá pelas tantas estávamos dizendo o que nunca dissemos. Cartas na mesa. Mágoa por mágoa. O que falseamos e ocultamos. No fim ele disse que me amava. Não é irônico? O tempo todo, naquela época, eu quis que ele dissesse o que só disse agora.

Luísa começa a se despir, sufocada. Descalça as meias, os sapatos, abre sua mala e pega uma camisola. Olho para a sua nudez. A Magra já nem é tão magra. Décio costumava dizer que Luísa seria a única mulher com quem gostaria de ir para a cama porque tinha corpo de efebo. Depois dos quarenta, Luísa criou corpo. As nádegas estão mais cheias, uma discreta barriguinha se insinua, os seios, antes quase ausentes, despontaram.

— Sérgio queria que terminássemos como Carlitos e Paulette Goddard naquele filme. Os dois de mãos dadas seguindo por uma estrada.

— E você? — pergunto.

— Não há caminho de volta.

— Com essa imagem de Carlitos e tudo o mais?

— Não somos tão desarmados nem tão inocentes para acabar de um modo tão perfeito.

Luísa vai para o banheiro e inicia o ritual da noite. Sentada na tampa da privada, observo seus gestos, precisos em cada operação. Creme de limpeza para retirar a maquiagem. Loção adstringente para fechar os poros. Creme nutritivo para alimentar peles cansadas. Óleo de tartaruga para retardar o aparecimento de rugas na área dos olhos. Quando terminar o tratamento facial, será a vez dos cabelos. Cem escovadelas, como dona Carmem ensinou.

— Para quem você está preservando sua beleza? — indago.

— Para mim.

— Narciso ataca outra vez.

Luísa volta-se para mim, os olhos ainda vermelhos.

— Eu sei no que você está pensando. Que, num passe de mágica, Sérgio deixaria de ser o que é e eu o que sou e viveríamos felizes para sempre.

Sacudo a cabeça. Só gostaria que ela desse uma chance a si mesma, mas Luísa acredita que a chance é esse novo casamento. Tenho um discurso pronto na ponta da língua, mas silencio. Alegro-me com meu controle. Uma das virtudes da velhice é a sabedoria.

Vou para a cozinha e preparo um chá de erva-cidreira, meu único ritual noturno.

Abro a janela e respiro fundo. No relógio da avenida Paulista são duas e trinta e cinco da manhã. É uma noite limpa e clara de maio. Dia 28. Há seis anos a greve terminava melancolicamente para todos nós. Há seis anos a Magra desfazia um caso, um casamento, rompia com laços e espaços. Pensar que me orgulhei da sua coragem.

Sou despertada pela voz de Luísa, que me pergunta se quero o chá com ou sem açúcar. Fecho a janela. Olho para seu rosto lambuzado e digo apenas:

— Magra, você não entendeu nada.

V
Mário

> "— Não está aí a prova do que acabei de dizer? Que teria sido melhor se jamais tivéssemos posto os olhos um no outro?
>
> "— Seu raciocínio pressupõe que eu conhecesse a sua verdadeira natureza. Mas eu não conhecia."
>
> John Fowles
> *A mulher do tenente francês*

Outro dia Luísa me perguntou se eu estava feliz.
— Você tem dois meninos. Você sempre quis um menino. E observou que eu merecia encontrar "essa moça" com quem me casei.

Luísa disse isso em tom de desculpa, olhando para o infinito.

— Ela é muito ciumenta — acrescentei com uma ponta de orgulho, tentando dizer nas entrelinhas que "essa moça", ao contrário dela, gosta muito de mim.

Em seguida devolvi a pergunta, também querendo saber se Luísa era feliz, e a resposta foi: "Não sei se estou feliz, mas não estou infeliz. Aliás, acho que estou bem. Muito bem", frisou. E começou a falar sobre a sua vida atual. Não desse homem com quem vai se casar, e que ela afirma ser tão parecido comigo, mas dos prêmios e das honrarias, do seu trabalho e dos projetos de trabalho futuro. Em nenhum momento Luísa falou dos seus sentimentos a respeito desse homem tão parecido comigo. Ele talvez não importe tanto, como eu pouco importei na sua vida. Suas palavras foram as de uma mulher bem-sucedida. Eu nunca tive dúvidas de que ela o seria, não era necessário me convencer.

Mas, apesar de tantas vezes Luísa ter frisado que agora estava bem, em nenhum momento me encarou, e eu pude sentir, por esse fato, quanto seu equilíbrio era precário e duvidosa sua paz interior.

— Demorei muitos anos para conhecer a serenidade — ela disse, ainda olhando para o infinito.

E, enquanto falava sobre a sua serenidade, me dei conta do absurdo da minha pergunta, pois felicidade não tem, para Luísa, nem o peso nem o significado que tem para mim e para a maioria das pessoas.

Felicidade para Luísa não tem nada a ver com a vida real. A felicidade de Luísa está sempre associada a fragmentos de fantasia: uma música, uma cena de filme, uma poesia, uma paixão romanesca, um encontro com alguém como Raul, que comunga da mesma sede de ficção, do mesmo gosto pela composição desses mosaicos de emoções breves e inconsistentes. Felicidade para Luísa é tudo aquilo capaz de a projetar em outra dimensão, uma dimensão em que ela possa se sentir uma personagem diferente e acima dos outros mortais.

Porque acima de tudo Luísa tem sede de distinção, uma sede que, a julgar pelas referências dos pais, foi devidamente saciada desde a infância, pela condição de filha única talentosa, a todo momento reconhecida e aplaudida pela família e pelos componentes do coro, esse pequeno público que tão bem conhecia a importância dos aplausos.

Às vezes imagino, considerando sua sede de distinção, que deve ser desesperador para Luísa se defrontar com a realidade do seu lugar no mundo das artes. Porque Luísa não é tola e sabe que sua obra, objeto de toda a sua energia nos últimos anos, não é marco de coisa alguma.

Lembro-me da sua resposta quando o Décio, insistindo em que ela participasse da primeira coletiva, se referiu ao seu trabalho como promissor.

— É promissor e sempre será — Luísa disse, desanimada.

Mais tarde ela diria, inclusive a mim, tantas vezes, "Nunca vou chegar lá", porque aquilo que fazia sempre ficava aquém do que pretendia. E Luísa não se contenta em ser — como chegou a ser definida por um desses críticos — "vagamente expressionista". Ela queria ter inventado o Expressionismo, ou, pelo menos, que seu estilo tivesse qualidade e originalidade capazes de transformá-la num expoente da arte contemporânea.

Não aquele tipo de artista internacional que apenas o é porque vendeu dois quadros a um congressista de Minnesota, mas aquele que atingiu o nível de reverência e consagração concedidos, por exemplo, a Maria Helena Vieira da Silva.

"Eu gostaria de pintar como essa mulher", Luísa repetia tantas vezes, sabendo quanto essa possibilidade era remota. Não porque seja medíocre, mas porque está longe de ser genial.

Mesmo que a convidem para uma mostra exclusiva em alguma reputada galeria do Soho (o que, considerando suas relações, não é impossível), esse triunfo não dissipará a frustração de pertencer à categoria dos coadjuvantes — certamente não por falta de esforço ou talento, mas pela ausência do toque iluminado que distingue os verdadeiros protagonistas.

Outro dia, a propósito da minha opinião sobre a arte de Luísa, Marga disse que talvez eu esteja enganado. Marga, que é uma otimista, rotulou minhas previsões de arriscadas e precoces, embora o que estivesse em discussão não fosse a arte de Luísa, mas a insatisfação de Luísa, que contamina todos os setores da sua vida.

E Marga, em seu otimismo, supõe que esse estado possa ser curável, pois ainda não desistiu de atribuir às circunstâncias poderes mágicos, capazes não apenas de mudar a vida das pessoas, mas também as próprias pessoas. Marga afirma que Luísa poderia se salvar se não tivesse medo de uma relação apaixonada, mas Luísa teme tanto essa possibilidade, e é de tal modo incapaz de mudar o que quer que seja na sua vida, que decidiu se casar com um homem parecido comigo.

Não sei o que seria do destino de Luísa se ela não temesse uma relação apaixonada, mas duvido que algum homem possa fazer alguma coisa por ela, e esse homem tão parecido comigo será na sua vida pouco menos do que fui. Disse pouco menos porque Luísa e eu temos uma filha, e esse homem, segundo Marga, já foi informado de que a maternidade está fora de cogitação.

E, no entanto, Marga me diz seguidamente que Luísa vai se casar com esse homem porque tem nostalgia da nossa vida conjugal!

— Que vida conjugal? — insisto em saber. — Nunca soube o que representei para Luísa, nunca consegui descobrir que tipo de sentimento ela nutria por mim.

— Ela se sentia em paz ao seu lado — tenta esclarecer Marga. — Luísa precisava de um homem diferente do Paulo, um homem que gostasse dela realmente.

Não sei do que Luísa precisava nem se precisava de mim, e nunca vou saber por que, entre tantos, Luísa me escolheu. Há muitas hipóteses, mas nenhuma delas foi formulada por Luísa, e Luísa sempre desconversava quando eu lhe perguntava por que tinha se casado comigo.

Minha família, em sua simplicidade, afirma que Luísa se casou comigo porque eu era um "bom partido", mas eu não fui o único homem promissor que despontou em sua vida, e foi a mim que ela escolheu. Descartada a possibilidade da paixão, resta o sexo, satisfatório desde a primeira vez, mas que, eu sentia, implicava de sua parte muito mais esforço que abandono.

Também não poderia dizer que fôssemos companheiros. Tínhamos poucas afinidades e, exceto o gosto comum pelo bem-estar, só conseguimos ser realmente parceiros no tênis.

Mas Luísa nunca me enganou a respeito dos seus sentimentos. Ela nunca disse nada além de "gosto de você", o que talvez fosse verdade. Ela gostava de mim a seu modo, e isso bastava para mim. A maior parte do tempo, limitava-me a colher indícios de seu amor, em geral muito tênues e frequentemente absurdos.

Houve um momento em que me agarrei à ideia de que era insubstituível para Luísa, não por minhas virtudes aparentes ou ocultas, mas por meus serviços. Eu era o que fazia as contas, o que lidava com números e papéis, o que desembaraçava as malas e os passaportes, o que fazia o trabalho sujo ou chato que ela detestava e dizia não saber fazer.

Depois da nossa separação, eu me perguntava como Luísa fazia quando viajava — ela que parecia se confundir nas operações mais banais — ou quando chegava a época de lacrar o carro ou declarar imposto de renda, tarefas em que me imaginava insubstituível por superestimar meu papel de contador e despachante.

Nunca vou saber por que nos escolhemos.

Quando a vi pela primeira vez naquela festa da faculdade, ela não era nem a mais bonita, nem a mais atraente, apenas uma moça magra, sozinha, espectadora da diversão dos outros. Seu retraimento, quase ostensivo, fez com que eu me aproximasse dela e a convidasse para dançar.

— Não se preocupe comigo. Eu estou bem — ela disse, olhando-me como a um intruso. Eu estava cometendo, sem saber, uma falta que se tornaria corriqueira depois: invadir a sua solidão.

Se tivesse me afastado, nossa história teria sido outra, mas permaneci ao seu lado, fazendo perguntas e procurando interessá-la em mim, porque ela foi a primeira mulher que não se interessou por mim.

Essa foi a primeira descoberta importante que fiz no meu relacionamento com Luísa. A outra viria depois. Este mundo vasto se divide em muitos, e eu reinava apenas em alguns deles. No mundo de Luísa, os atributos que me destacavam nos outros não tinham vez ou, pior, eram objeto de ressalvas.

"Dai-me a beleza, mas não já", dizia Luísa referindo-se à minha aparência. "Eu ainda prefiro os encantos da conversação", completava, apontando delicadamente uma falha que eu jamais podia supor que tivesse.

Eu ficava perplexo em descobrir a cada momento falhas inimagináveis, como essa, a de não ser bom conversador, porque, embora não fosse do tipo loquaz, acreditava ser uma pessoa agradável, segurança inúmeras vezes reforçada por minha família e meus amigos, no trabalho e nos diferentes meios em que circulava. E de fato era assim, mas não no mundo de Luísa, onde se falava outro idioma e as normas sociais eram regidas por códigos que me escapavam.

Naquela festa em que conheci Luísa, eu estava com Ana Maria, minha noiva, uma moça muito diferente de Luísa e muito semelhante a essa com quem estou casado. E Ana Maria, que achava Luísa estranha, não acreditou quando, semanas depois, rompi o noivado e lhe confessei estar apaixonado por Luísa.

— Mas por que Luísa? — perguntou, surpresa.
— Mas por que Luísa? — perguntaram todos.
— Não sei. — Era só o que eu sabia responder.

Ainda hoje, nas raras vezes em que encontro Ana Maria, com o marido ou com os filhos, me pergunto por que Luísa e não ela, se com ela tudo poderia ter sido mais simples e ameno. Ao contrário de Luísa, Ana Maria nunca estimularia meus flertes, nem chamaria a minha atenção para mulheres bonitas. Ana Maria, ao contrário de Luísa, não teria amigos homossexuais nem se divertiria com o assédio deles, como Luísa se divertia com o assédio de Raul.

— Como você se sente, amado por outro homem?

Nunca soube se o seu desprendimento se originava de um tipo qualquer de voyeurismo ou se era apenas fruto da sua absoluta segurança a meu respeito.

Eu, que não tinha a mesma segurança, fui torturado por um ciúme tão feroz que muitas vezes desejei matá-la. E também desejei matar Paulo e o outro amante, o mais recente.

Cheguei a convidar Raul para jantar, pensando em obter o nome, o que foi um erro, pois, estimulado pela possibilidade de uma aproximação, ele se frustrou ao perceber que eu ainda estava muito ligado a Luísa. E pagou o logro com o silêncio.

Marga jamais trairia Luísa, e todos os outros eram suspeitos.

Agora, que tudo passou, não faz mais diferença. Não tenho sequer curiosidade. Sérgio, Rogério, tanto faz.

E, como também não tenho mais vontade de matá-la, posso até me comprazer com o seu empenho em ser minha "amiga".

— Mas ela é sua amiga — assegura Marga.

Sim, até os íntimos reconhecem que Luísa é uma ex--mulher perfeita.

Não quis pensão, fala sempre muito bem de mim, não faz uso dos meios correntes de chantagem para me pressionar, pergunta dos meus filhos e da minha mulher, telefona nas datas magnas, é solícita, compreensiva.

São as regras do seu jogo para obter de mim a boa vontade e o silêncio.

Entretanto, foi um erro a gente ter se separado sem uma discussão, uma palavra irritada, uma acusação recíproca. Não discutíamos: mudávamos de assunto. E separamo-nos como vivemos: civilizadamente.

Ignoro as razões de Luísa. As minhas estavam ligadas a um medo irracional de descobertas, mudanças, surpresas, alterações — o mesmo tipo de medo que me mantém na mesma empresa há vinte anos, o mesmo tipo de medo que se confunde com fidelidade.

Eu nunca disse a Luísa o que sentia quando ela chegava em casa com ar de misteriosa satisfação, vinda de seus encontros. Ou quando, a sós ou entre amigos, se comportava como se eu não existisse. Ou ainda quando, cortesmente, de maneira quase imperceptível para os outros, me apresentava como seu marido e se referia à minha profissão com uma ponta de ironia.

"Ele é engenheiro." E acentuava o "engenheiro", prolongando a penúltima sílaba.

E, afinal, era graças ao engenheiro que Luísa viajava tanto e recebia tanto seus amigos, oferecendo-lhes requintes jamais sonhados por eles.

"Pérolas aos porcos" foi o que pensei tantas vezes, porque eles estavam muito longe do que ela apreciava, apesar de Luísa alardear tantas identidades com os seus amigos.

Com exceção de Raul e Décio, a quem eu tinha prazer em servir um bom vinho e que sintonizavam com Luísa em muitas coisas, não percebi em ninguém seu gosto pelos livros "fundamentais", pelos filmes "imperdíveis", pelo leque exigente de suas preferências, do qual eu estava *a priori* excluído porque não tínhamos as mesmas identidades.

— Estou lendo um livro incrível, mas você não vai gostar.

Luísa se antecipava e me classificava, colocando-me num dos compartimentos estanques da sua vida: o compartimento do marido. Claro, havia outros: o da carreira, o do trabalho, o da casa, o da minha família, o dos velhos amigos, dos amigos do casal e dos amigos do trabalho, da vida social e da vida social vinculada ao meu e ao seu trabalho.

De modo geral, esses compartimentos não se interpenetravam. Para cada um ela usava uma roupagem e uma linguagem, adequava certas medidas de inteligência ou mediocridade, retraimento ou excentricidade, afetação ou naturalidade.

Com seus pais nunca saiu da infância. Com os meus era uma adulta cheia de certezas. Luísa alternava atenção e displicência, calor e reserva, com uma tal precisão, e era tal a sua diversidade, que muitas vezes me perguntei se ela não era um desses fenômenos de psiquiatria, uma mulher de várias faces que, assumindo uma identidade, se esquecia imediatamente das demais.

Marga confessa com certa vaidade que ela é a única pessoa que conhece Luísa. Talvez ela devesse dizer que conhece bem a face que Luísa lhe oferece. E, para um espectador atento como eu, era curioso assistir ao balé dos movimentos de Luísa com cada um e constatar que ela, tida e havida pela maior parte das pessoas como uma mulher de personalidade forte, se apagasse tanto junto de Marga.

Era particularmente curioso ver Luísa se envergonhar das suas habilidades nos esportes da burguesia e desculpar-se da prática em nome do corpo são. Ou justificar seu perfume — o mais caro do mundo, de acordo com o fabricante — por ser o único a não lhe provocar alergia.

Enquanto a alguns ela exibia sofisticação, talento, diante de outros se acanhava, tornando-se quase modesta.

— Luísa é muito forte — afirma Décio, supondo conhecê-la bem porque a conhece há muito tempo.

Ele se refere ao que Luísa se expôs por causa de Paulo e de Marga, e eu concordo com ele, porque não é o caso de lhe dizer o que tantas vezes tenho dito a Marga: "Luísa não é forte, mas temerária".

— Ela conseguiu o passaporte para mim, me abrigou na casa dos pais, abrigou o Paulo e levou-o a Curitiba, grávida de seis meses — argumenta Marga.

No entanto, minha impressão relativa a esses acontecimentos é de que ela obedecia a um impulso sem considerar devidamente os riscos e as consequências. Luísa agiu como esses heróis de guerra, poltrões em essência, que acabam consagrados por um gesto insensato ou acidental. Porque, para aquém dessas exceções, no seu dia a dia e nas coisas mais simples seus pés eram de barro. Ela sucumbia a uma discussão com a empregada, a menor crítica a arrasava, e qualquer comentário que não destacasse sua inteligência, elegância ou talento a ofendia mortalmente.

Mas havia um ponto em que Luísa era especialmente vulnerável: não se sentir amada.

E se acontecia, como tantas vezes aconteceu, de estar num grupo no qual houvesse uma única pessoa que não a apreciasse, ficava deprimida, e a sua segurança em tecer considerações sobre qualquer assunto, o que em geral fazia com propriedade, se esvaía. Então ela resvalava para o lugar-comum, pecava por imprecisão ou preconceito ou, o que era pior, dissimulava a insegurança com agressividade.

— Por que você deseja ser amada por todo mundo? — cansei de perguntar.

E Luísa protestava: "Não, eu não quero". Mas sofria com qualquer rejeição, mesmo a de minha irmã — "Essa pediatra medíocre" —, a quem víamos raramente porque ela não gostava de Luísa.

Houve um momento em que cheguei a supor que os casos de Luísa eram apenas jogos de sedução, uma resposta a essa necessidade de amor irrestrito que ela esperava que a humanidade devesse lhe render.

— Coisas de filha única — desculpa Marga.
— Pare de justificar sua amiga — lhe digo.
— Minha amiga é uma pessoa infeliz.
— Ela deve gostar de ser assim.

De outro modo, como explicar Paulo e seu último amante?

"Me ajude a enterrar o Paulo", Luísa pediu pouco antes de se casar comigo.

Mas quem o enterrou não fui eu.

"Quem é? Sérgio ou Rogério?", fiquei tentado a perguntar a Raul naquele jantar, na época em que eu ainda queria identificar o mais recente objeto de sua paixão, aquele que a fazia chorar tanto. Porque nos últimos tempos do nosso casamento Luísa chorava muito, embora tivesse o cuidado de o fazer longe de mim. Noites a fio, ouvi seus soluços no ateliê, sofrendo com a sua traição e seu desamor. E enfim, naquela madrugada, abri a porta e decidi facilitar as coisas para todos nós.

— É melhor a gente se separar.

E ela respondeu "Claro", entre a surpresa e o alívio. Mais uma vez olhava para o infinito.

"Agora", pensei, "ela vai falar nos detalhes técnicos."

— A menina fica comigo — Luísa completou, previsível.

E continuou a chorar. Nem por um momento me ocorreu que pudesse estar chorando por nós. Eu não tinha essa pretensão,

apesar dos bons momentos que vivemos juntos. Como a primeira viagem à Europa, os fins de semana em Paraty no início do nosso casamento e a alegria que foi o nascimento de Mariana. Ela chorava porque vivia um romance infeliz.
Ao sair de seu ateliê, estava tomado por uma estranha embriaguez. Finalmente eu ousara, ultrapassara o medo, resolvera a meu favor. A ferida aberta dentro de mim ainda iria sangrar dolorosamente, mas nada do que viesse depois podia ser pior. Eu concebia, por fim, a vida sem Luísa.

É curioso que, após a nossa separação, eu tenha me aproximado de pessoas como Marga, provenientes do passado de Luísa, das quais ela procurou me manter à margem.
Outro dia Marga confessou gostar muito de mim e lamentou não ter me conhecido melhor há mais tempo. Então comentamos que Luísa só nos apresentou depois do casamento e nos lembramos dos seus esforços para me ocultar até aquela viagem a Paris.
Na tentativa de recuperar o que perdemos, nos vemos com frequência, saímos para almoçar ou jantar, e ela me pede conselhos, nem sempre de caráter financeiro. De boa pessoa, fui promovido por Marga à categoria daqueles "com-quem-se-pode-contar". Não deixa de ser um progresso.
A família de Luísa, que visito ocasionalmente, não se cansa de pedir desculpas pela atitude dela.
— A vida inteira desejei que minha filha se casasse com um homem como você. Ela não sabe o que perdeu — repete continuamente sua mãe.
Enquanto dona Carmem choraminga, o pai compensa com amabilidades os dissabores que Luísa me causou.
— Gostaríamos que trouxesse sua esposa para a gente conhecer. Temos certeza de que se trata de uma ótima moça e tomara que seja. Você merece.
Eu mereço tudo depois de Luísa.
— Minha filha é uma artista — desculpa a mãe. — Os artistas são geniosos e egoístas e não deviam se casar.

São pessoas diferentes os artistas. Dona Carmem sabe disso porque já foi uma artista.

— Mas pelo menos tive o bom senso de interromper minha carreira quando casei. Eu tinha pensado em estudar em Milão antes de conhecer o Luís, mas desisti de tudo quando fui pedida em casamento. Meu professor de canto não se conformou. Ele dizia que eu estava trocando a glória por um funcionário público.

— Eu nunca impedi você de fazer nada — defende-se o marido.

— Justiça seja feita, você sempre me incentivou. Por sua causa entrei no coro do teatro. Mas uma diva como queria ter sido... paciência. Não se pode ter tudo. Luísa quis tudo e fez a infelicidade de Mário.

— Pensando bem, ele foi paciente demais com a nossa filha.

De modo geral, depois da separação, passei a inspirar mais afeto e simpatia à maior parte das pessoas.

— Você está mais solto — observa Décio, que não gostava de mim na época em que eu era marido de Luísa.

— Fez terapia? — perguntam alguns.

Digo que sim para não frustrar as esperanças dos amigos. Às vezes aconselho também meditação transcendental, cursos de controle da mente, hataioga, e afirmo que minha transformação é fruto da ação combinada de diferentes métodos de autoconhecimento.

Marga ri quando comento essas respostas e aplaude meu "espírito". Eu não tinha "espírito" quando vivia com Luísa.

E, embora quase sempre as pessoas lamentem minha sorte ao seu lado, às vezes um de nossos amigos comuns — os amigos do casal, como Luísa os rotulava — lastima a separação. Naturalmente todos tomaram meu partido — o partido da vítima, como é de praxe —, mas a "turma" perdeu alguma coisa com a deserção de Luísa, ainda não inteiramente compensada pela minha segunda mulher.

— Você se lembra daquele baile à fantasia que Luísa organizou? E o piquenique regado a champanhe na Ilha Anchieta? E o jantar indonésio? E o *tour* pelos inferninhos da cidade? E as noitadas nas gafieiras e *dancings*? E o café da manhã depois do Réveillon na padaria do Brás? Naquele tempo a gente se divertia um bocado!

Luísa promovia o marginal e o insólito. Luísa era "artista" — o elemento exótico que distinguia o grupo com a sua presença. Eles esperavam singularidade, e ela, generosa, a oferecia, reforçando a imagem de excentricidade que fazem dos artistas os que conhecem poucos artistas.

Entretanto, fora da possibilidade de um programa "diferente", Luísa se entediava com a "turma". Sempre que saíamos para jantar ou para uma festa na casa de algum deles, ela reclamava do aborrecimento que representavam essas obrigações e às vezes não ia, pretextando uma indisposição.

— Não aguento mais ouvir aquelas mulheres falando dos filhos e os maridos falando de negócios.

Com a minha mãe, porém, Luísa falava da filha, do seu parto, do custo de vida e das empregadas. Luísa descia ao nível da dona de casa porque desejava seduzir a sogra, a fim de obter a sua amizade e seus serviços eventuais.

— Sua mulher é muito astuta — observava meu pai.

Sua astúcia, entretanto, não bastou para cativar minha mãe, que, diplomática, apenas fingia gostar de Luísa. A minha família, ao contrário de nossos amigos, não se deixou impressionar pela "artista". Eles teriam achado preferível que me casasse com uma mulher sem nenhum atributo que não fosse o de boa esposa.

Logo depois da nossa separação, a "turma" foi inexcedível na apresentação de candidatas à sua sucessão: psicólogas, publicitárias, produtoras de moda, mulheres criativas, inteligentes, capazes de devolver ao grupo a inventividade de Luísa para programas "diferentes".

Quando me casei com a secretária, ficaram consternados. Vera não tem o brilho nem a desenvoltura social de Luísa e das candidatas que me foram apresentadas.

Também meu patrão se desapontou com a minha escolha e numa festa, estimulado pela quarta dose de uísque, declarou que Luísa tinha sido a mais eficiente mulher de executivo que ele conhecera.

Não sei o que diria se soubesse que um dos jantares de maior sucesso que a empresa ofereceu a um militar foi em nossa casa, naquela semana em que tivemos Paulo como hóspede. Nem sei o que aconteceria naquela noite se alguém inadvertidamente abrisse a porta do quarto de vestir e encontrasse o terrorista procurado por todos os escalões do Exército, inclusive por aquele a quem a festa estava sendo oferecida.

Naquela noite, ao ver Luísa tão cordial com o convidado de honra, mal pude acreditar que ela fosse a mesma pessoa que, horas antes, tinha chorado e me recriminado.

— Por que você permitiu que a festa se realizasse em nossa casa? Por que me obriga a receber assassinos?

Essa obrigação — a de receber assassinos — tinha suas vantagens. Havia sempre a possibilidade do acesso a informações que ela, em seguida, passava aos seus amigos.

Se o seu fôlego não fosse tão curto, podia tê-los ajudado muito mais. Mas Luísa arquejava para manter a máscara da cordialidade, sofria e se desculpava. E naturalmente me censurava pelo que era obrigada a passar.

— Tenho nojo de mim e da atenção que dispenso a esses gorilas que você traz para casa.

— Não sou o único a trazer para casa pessoas lamentáveis.

Então ela silenciava, pois sabia que eu estava me referindo ao Paulo, e a mais ligeira menção a esse homem a deixava paralisada.

— Como uma mulher tão exigente pode se apaixonar por alguém como Paulo, a ponto de arriscar a vida por ele? — perguntei a Marga um dia. Ela encolheu os ombros, e eu insisti, pensando naquela semana em que fui obrigado a ouvir os discursos rancorosos do grande herói.

— Às vezes eu olhava para Luísa e me dizia: não é possível. Ela não pode estar ouvindo esse cara com a expressão enlevada de quem escuta um profeta. Luísa não é idiota.

Talvez ela fosse. Ou talvez, como acredita Marga, nem estivesse atenta às suas palavras.

— Enquanto Paulo falava, Luísa devia estar recordando a juventude ao lado dele, a inocência e a coragem dos seus dezessete anos, ou quem sabe estivesse apenas com medo. A casa podia ser invadida a qualquer momento.

— Ninguém suspeitava que o Paulo estivesse em nossa casa.

— Havia as empregadas.

E, Marga não disse, havia eu. De outro modo, como explicar a submissão de Luísa?

Ela me recebia com o drinque pronto, me servia café com a dose exata de açúcar, instruía a cozinheira sobre meus pratos favoritos, era dócil, cordata. Isso me ofendia, porque cada movimento de Luísa traía seu receio de que eu delatasse Paulo. E, a cada vez que apagava sua personalidade nesses tantos gestos servis, Luísa revelava sua ignorância sobre o meu caráter, o que por certo não era falta de sensibilidade, mas simplesmente falta de interesse.

E o que dizer da sua submissão ao Paulo naquela maldita semana?

A todo momento Luísa se escusava de mim, da casa, das empregadas, e o máximo que ousou foi dizer que, afinal, tudo aquilo era um excelente disfarce, dadas as circunstâncias. Nem se irritava quando Paulo, bêbado, tropeçava nos móveis e danificava ou quebrava alguns de seus objetos, ou quando ele arrombou a porta da adega, cuja chave era guardada por ela com o zelo de despenseira. Naquela semana o nosso hóspede consumiu nada menos que uma caixa de *scotch*, revelando na escolha da marca uma inédita sofisticação revolucionária.

Mas, nele, tudo Luísa desculpava.

— Estou de mãos amarradas — repetia. E levou-o a Curitiba pelas mesmas razões.

E depois que ele partiu Luísa continuou de "mãos amarradas" e repetiu essa expressão até o fim do nosso casamento. Nunca entendi por quê.

A princípio cheguei a pensar que ela quisesse se libertar de mim, da sua filha, de tudo que a impedia de ser feliz. Depois, pude perceber que Luísa queria tudo (a mim inclusive), menos a culpa de me excluir e trair.

— Não me ame tanto, por favor — ela implorou tantas vezes, mortificada com as minhas atenções.

— Em cima da cama há um presente para você — eu comunicava quase diariamente. Um perfume, uma joia, um buquê de flores, uma peça de roupa, um quadro, um objeto, que Luísa agradecia antes de ver, desconcertada e envergonhada quando chegava em casa muito depois de mim.

Nos últimos tempos, sucumbindo ao peso de minha atenção, ela apenas balbuciava: "Não era preciso".

Mas a gentileza era minha forma de aniquilar Luísa.

É claro, havia sempre o risco, frequente, de Luísa passar à ofensiva e, percebendo meu jogo, se tornar agressiva ou, o que era pior, amuada. Então era a sua vez de me punir.

O mais irônico é que tudo isso decorria em termos perfeitamente educados.

— Todos os homens interessantes têm um demônio. Onde está o seu, Mário?

Eu ficava assombrado com a sua capacidade de me ofender suavemente, mas, afinal, a violência na obra de Luísa está sempre representada em tom pastel.

Uma ocasião encontrei Raul no aeroporto, de partida para Nova York, onde iria se encontrar com Luísa.

— Ela vai expor em Washington — confidenciou.

Na verdade, segundo Marga, não se tratava de uma exposição. Simplesmente dois de seus quadros seriam colocados à venda numa galeria de Georgetown. Mas, para Raul, a modesta presença de Luísa numa galeria norte-americana assumia proporções de grande evento.

— Nós vamos comemorar isso amanhã em grande estilo. Às cinco temos encontro no Plaza. Às oito, estaremos na Broadway para ver um desses musicais há séculos em cartaz e depois do teatro vamos dançar no Rainbow Room, onde tem uma orquestra que lembra as bandas de antigamente.

— Nunca estive nesse lugar.

— Se você tem nostalgia do que não viveu, vá correndo. No Rainbow Room o único tempo é o da fantasia de cada um.

Então me ocorreu que as fantasias de Luísa finalmente tinham encontrado um parceiro à altura. Minha atuação nesse sentido sempre foi pífia.

Lembro-me particularmente de uma vez em que entramos na Tiffany para comprar um anel, e, para meu espanto, Luísa pediu ao vendedor que lhe mostrasse as joias mais extravagantes da casa.

— Esse homem — disse, apontando para mim — é um milionário sul-americano, e ele quer me presentear com uma joia muito cara e sensual.

— Sensual? — estranhou o vendedor, olhando-me de viés.

— Ele tem estranhas fixações. Pode ficar tranquilo que ele não fala inglês.

E, enquanto experimentava pulseiras, colares, broches e tiaras, Luísa descrevia minhas supostas exigências sexuais.

— Ele quer que eu use esmeraldas nos mamilos, colares no ventre e muitas pulseiras nas pernas. De outro modo, ele não consegue...

E o vendedor, rubro, arregalava os olhos a cada pormenor bizarro e apenas murmurava: "Ele é tão jovem...".

Finalmente Luísa se decidiu por uma pulseira absurda e sugeriu que eu passasse no caixa para pagá-la.

— Você tem ideia do preço dessa joia?

— O que é um milhão de dólares para um milionário sul-americano?

Impaciente, irritado e sem entender a razão daquela farsa, me desculpei com o vendedor e lhe disse, em inglês, que a senhora estava brincando e queria apenas um anel.

— Pensando bem, eu não quero nada — ela declarou, ofendida. E saiu para a rua, deixando a mim e ao vendedor estupefatos.

No hotel, as explicações: Luísa não queria nem a pulseira de um milhão de dólares, nem o anel. Desejava, unicamente, divertir-se e supunha que eu tivesse humor suficiente para perceber e participar da cena no papel do amante pródigo e excêntrico.

— Mas que decepção!

Eu me comportara como um marido pouco imaginoso, comprometendo sua atuação e frustrando a brincadeira.

Quase todas as nossas viagens estão pontilhadas de incidentes semelhantes. Não falo da comédia frustrada, como na Tiffany, mas do ressaibo e da frustração. Como numa das viagens à França, em que Luísa insistiu em conhecer Combray e levamos algumas horas no serviço de turismo para descobrir que Combray na verdade se chamava Illiers, e em homenagem a Proust lhe tinham aposto o nome de Combray. E lá fomos para a Gare de Montparnasse, porque era preciso tomar o trem para Chartres, para então pegar outro trem que servia Illiers-Combray umas poucas vezes por dia.

O dia foi longo porque havia muito pouco a fazer, exceto visitar a casa da *tante* Léonie e percorrer o caminho do *cotê de Chez Swann*, já que o caminho de Guermantes teria pressuposto uma viagem de automóvel e o palácio nem estava aberto à visitação pública. E, como tivéssemos chegado pela manhã e a casa da tia Léonie só abrisse à tarde, primeiro refizemos o caminho de Swann e caminhamos pela cidade.

Aqui e ali Luísa observava que tudo aquilo devia ser uma grande chateação para mim, pois era um itinerário próprio dos devotos, e melhor eu teria feito em ficar em Paris. No decorrer do tempo, ela voltaria muitas vezes a insistir na maçada que tudo aquilo representava para mim, apesar de eu não ter esboçado a menor reação de desagrado, apenas de indiferença, mas a minha indiferença a agastava, pois quebrava o êxtase de caminhar pelas ruas de Proust e reconhecer alguns cenários mencionados pelo escritor.

Luísa amargava a frustração de não contar com um interlocutor à altura, alguém com quem ela pudesse trocar a intimidade com um mundo que não me interessava, mas também não me incomodava. Essa intimidade não conseguiu sequer ser partilhada com a *concierge* da casa de tia Léonie e duas moças de Grenoble que, conosco, compunham o pequeno grupo de romeiros. Porque *madame* e as *demoiselles*, muito francesas, não se impressionaram com o entusiasmo da peregrina de um país tão exótico. Elas não sabiam que *là-bas* se lia Proust, embora fossem depois obrigadas a reconhecer na pequena biblioteca, entre as diversas edições de Proust, uma edição brasileira da *Recherche*. Mas a reticência inicial bastou para que Luísa se fechasse em seu orgulho e, a partir de então, não se dirigiu a elas mais do que a polidez o exigia, e quase todo o percurso da visita acabou sendo feito em silêncio.

Quando saímos da casa de tia Léonie, faltavam ainda três horas para o próximo trem, e Luísa, para preencher o tempo, desejou voltar ao caminho de Swann. Mas, ou porque ainda estivesse irritada com *madame* e as moças de Grenoble, ou porque imaginasse que eu estivesse fazendo uma penosa concessão passando o dia num lugar que nada representava para mim (ou pelo somatório de ambas as coisas que podiam se resumir ao fato de que ela estava onde queria, mas não com quem desejava, ou pelo menos não do modo que imaginava que seria), Luísa caiu num grande abatimento e me aconselhou a ficar num dos cafés da cidade, enquanto passeava sozinha pelo caminho de Swann.

Mas insisti em acompanhá-la, e ela, tolhida pela minha presença, percorreu o caminho apressadamente, lamentando não termos alugado um carro para fazer o caminho de Guermantes.

— De qualquer maneira, um dia vou voltar sozinha para ver tudo isso do jeito que quero.
— Veja tudo do jeito que você quer — respondi. — É só fazer de conta que não estou aqui.
Luísa me olhou contrariada e murmurou apenas: "Isso é impossível".

Ao final do passeio, como se fosse ainda muito cedo, fomos visitar a igreja, outro cenário de Proust, onde Luísa discursou sobre o abandono, as pombas que faziam ninho no campanário, as goteiras, as pinturas destruídas pela ação do tempo e o que devia ser essa igreja na época de Proust. Era tudo muito mais digno na época de Proust, a Primeira Guerra foi um lamentável divisor de águas entre a civilização e a barbárie, sem falar na Segunda, que sepultou irremediavelmente os últimos resquícios de beleza e elegância. Luísa falava como se tivesse sido uma testemunha ocular da História.

E, no caminho para a estação, mais uma vez ela lamentou ter me arrastado para aquele lugar. Se eu ficasse em Paris tudo seria diferente, para mim e para ela, e, é claro, sem a minha presença, sua relação com *madame* e as moças de Grenoble teria sido outra coisa. Isso ela não disse, mas estava implícito.

Em Paris, comentando a viagem com Marga, ela se referiu à minha decepção com a cidade de Proust, que "não tinha um único restaurante, imagine o que foi este dia para o Mário". E eu nem tinha reclamado do sanduíche que comemos na hora do almoço, improvisado pelo *patron* de um dos raros cafés da cidade — esse sim nos recebera com simpatia. Éramos do Brasil e amávamos Proust, ainda que ele soubesse muito pouco sobre o ilustre antepassado da cidade, mas, acima de tudo, o *patron* amava futebol, e, como vínhamos do país do futebol, tínhamos muita coisa em comum. Embora a casa só servisse bebidas, ele se prontificou a preparar nossos sanduíches com ingredientes da própria cozinha. O *patron* foi muito mais afável e generoso que *madame* e as moças de Grenoble, com as quais Luísa imaginara estabelecer uma ponte imediata com base na devoção que as unia.

Luísa, porém, só se referiu a esse café para mencionar a minha decepção com a falta de infraestrutura hoteleira da cidade.

— Luísa é muito esnobe — ousei dizer certa vez a Marga, pensando nesse e em outros incidentes parecidos.

— Sim, ela é — admitiu Marga nesse dia. Ela só não o tinha percebido há mais tempo porque a sua lucidez é muitas vezes toldada pelos fortes sentimentos de amizade.

Ao longo dos anos em que vivemos juntos, Luísa não cessou de me surpreender. Eu me surpreendi com o episódio na Tiffany, com a viagem a Combray, com a sua humildade diante de Paulo, com a sua cordialidade com assassinos. Mas nada me surpreendia mais que o seu apoio às teses infantojuvenis de Marga, que se obstina em mudar o mundo — o que é perdoável, porque ela só conhece uma parte irrelevante desse mundo que deseja mudar.

Mas eu ficava estarrecido quando Luísa, tão aguda e bem informada, tendo acesso aos bastidores do poder e conhecendo a verdadeira força de quem a tem, se alinhava, na presença de Marga e de outros como ela, à miopia revolucionária e acreditava que a classe operária um dia fosse chegar ao paraíso.

Quando ela dizia que tinha assinado ou subscrito isto ou aquilo para "marcar posição", eu não sabia se o havia feito por ingenuidade ou má-fé. Porque Luísa alimentava as ilusões dos sonhadores e se alimentava delas na presença deles, como se houvesse momentaneamente esquecido tudo o que vira e ouvira na intimidade dos donos do poder.

Porque ela sabia melhor que ninguém que esses documentos e abaixo-assinados seriam inócuos enquanto homens como o meu patrão dessem suporte ao governo. Homens como o meu patrão, que podem até eventualmente defender conceitos humanistas e fazer coro com os sonhadores se isso lhes convier, mas que jamais vão permitir que a classe operária chegue ao paraíso.

Durante anos, nossos amigos estranharam que Luísa estivesse demorando tanto para se casar outra vez. Mas, conhecendo seu orgulho, imagino quanto foi difícil colocar-se em disponibilidade, tornar pública a busca de um novo parceiro.

É mesmo possível que Luísa tenha tido mais homens durante o tempo em que fomos casados do que após a separação. Porque o direito da escolha — sua prerrogativa na época em que tinha marido — passou a ser partilhado, e ela não tolera dividir privilégios. Então, preferiu a solidão à humilhante condição de "estar no mercado". Luísa sempre afetava superioridade ao se referir às nossas amigas divorciadas e considerava "deprimente" o carrossel de parceiros. Mais do que à promiscuidade, Luísa tinha aversão à facilidade.

— Elas não se respeitam — costumava dizer.

O que significava que elas não eram exigentes. Luísa, por sua vez, só foi exigente na escolha dos maridos. Os outros homens sempre deixaram a desejar.

— Ela o conheceu numa festa, e no dia seguinte ele lhe mandou flores e a cortejou como você, com elegância e delicadeza — contou-me Marga a propósito desse homem tão parecido comigo.

Talvez ele devesse saber que elegância e delicadeza não bastam para mantê-la interessada, e, esgotada a novidade, haverá uma porta entreaberta pela qual pode entrar a qualquer momento um homem animado pelo "demônio".

— Luísa não vai suportar ser destruída outra vez — reagiu Marga à minha suposição, traindo um segredo que eu não conhecia.

Depois, tendo se dado conta da inconfidência, desconversou.

Eu sempre me comovo diante da fidelidade, e me comovi particularmente com Marga, nesse dia, quando ela se referiu à destruição da amiga. Marga, que superestima a capacidade afetiva de Luísa, não descobriu que ela só se perde por tempo determinado, como essas pessoas que gostam de filmes de terror, mas fecham os olhos nas cenas cruciais.

Luísa pode sofrer por um homem, mas certamente não morrerá por ele. Porque, acima de tudo, estarão ela e seu profundo sentido de sobrevivência. A força de Luísa reside na sua egolatria, e ela é capaz de se erguer quando todos acreditam que não se levantará mais. Então, para se refazer dos "demônios", procura alguém como eu ou este homem tão parecido comigo, ambos capazes de lhe oferecer o conforto da emoção segura.

— O saldo da sua relação com Luísa foi apenas dissabor? — perguntou Marga outro dia, em tom de censura, porque, a cada vez que nos encontramos e o nome de Luísa é mencionado, eu não faço outra coisa senão me queixar. Mas, quando Marga me fez essa pergunta, eu estava pronto para admitir que me beneficiei de muitas maneiras em ter sido casado com Luísa.

De vez em quando me surpreendo, emitindo uma opinião ou citando uma frase que foram suas e que incorporei ao meu repertório. Frequentemente discorro sobre filmes nos quais dormi a maior parte do tempo ou sobre livros que só conheci por seu intermédio. E me divirto com a boa impressão que causo.

A segunda mulher do meu patrão, que é uma tola com veleidades intelectuais, comentou outro dia que eu era um executivo "diferenciado". Essa diferença, devo-a a Luísa.

Citei o menos importante. As outras marcas da sua passagem são de caráter mais profundo. Falo da inquietação, que eu não tinha ao conhecer Luísa, de uma certa amargura e ceticismo a respeito de tudo e de todos e da consciência da comédia humana, como nesse dia em que a mulher do meu patrão disse que eu era "diferenciado" porque emiti uma opinião que não era minha sobre um assunto que não dominava.

A recíproca felizmente era verdadeira.

Eu, entretanto, passei pela vida de Luísa em brancas nuvens. Além de pai de sua filha, não fui mais nada. Nenhuma alegria, nenhum traço de caráter, nenhum gesto ou expressão, nada que pudesse advir de mim ela incorporou. Nenhum título de suas obras sugere sequer uma recordação, embora a sua última exposição seja uma retomada do passado.

Lá estão Paulo, Marga, Raul e, certamente, alguns desses homens animados pelo "demônio". É bem provável, mesmo sendo ocasionais, que eles tenham experimentado a sensação, ainda que falsa, de possuir Luísa. Porque, mesmo quando ela estava em meus braços, em aparente abandono, não me pertencia. Seu meio sorriso traía evocações, e elas certamente não me incluíam. E, se eu indagava a razão do silêncio ou do meio sorriso, Luísa desconversava. Como sempre, ela vedava meu acesso aos seus pensamentos, e as causas de sua alegria ou de sua tristeza traduziam-se em vagas e imprecisas respostas.

"*Some day he'll come along, the man I love*", Luísa costumava cantar. "*The man I love*" não fui eu. "*The man I love*" foram todos e não foi ninguém. No entanto, eu teria preferido ser um desses homens ocasionais que ela reteve num quadro ou associou a uma canção a ser essa "boa pessoa" que não deixou rastro em sua vida.

A melhor imagem sobre o meu papel na vida de Luísa é a de um móvel confortável e útil que ela algumas vezes se orgulhava em exibir e em outras teria achado preferível esconder.

Luísa só me apreciava na medida da opinião dos seus amigos. E, se alguém ressaltava alguma de minhas qualidades, ela primeiro ficava surpresa (de que eu tivesse essa qualidade e que outro a tivesse descoberto), depois passava a enaltecer enfaticamente a minha virtude, porque — claro — isso depunha a seu favor.

Não me refiro às qualidades físicas ou sociais, mas às que ela prezava — as que pertenciam à categoria do talento e da inteligência. Como quando Raul observou que meu humor era britânico, e Luísa, assegurada de que não se tratava de ironia, desfiou algumas histórias em que o protagonista era o meu humor até então negado por ela.

É espantoso que eu tenha vivido tantos anos satisfeito com migalhas, à espera do milagre de Luísa se apaixonar por mim. E, ainda mais espantoso, que muito tempo após a separação eu ainda sentisse saudade de uma vida de incertezas e sobressaltos.

— Como diz você, isso devia fazer parte da minha doença — comentei outro dia com Marga.

— Não necessariamente. Viver com Luísa devia ter o seu lado divertido.

E tinha, sobretudo nos primeiros anos, ou quando havia plateia. Socialmente Luísa era uma atriz ávida de aceitação e aplauso. Comigo, a sós, se calava e, se eu me queixava do seu silêncio, desandava a falar trivialidades. Nos últimos anos, o brilho pertencia ao público. Em casa, a maior parte do tempo, ela fugia de mim. Trancava-se no ateliê ou no quarto da nossa filha e muitas vezes ia à cozinha conversar com as empregadas. Da sala, eu as ouvia rir e pensava: "Luísa está dando sessão na periferia".

A patroa agradava aos serviçais porque eram indispensáveis ao seu esquema de vida. O marido, não.

A cada vez que relembro essas coisas, Marga abaixa o rosto, envergonhada. Mas ela é a única pessoa com quem posso ter esse tipo de desabafo.

— Por que você aguentou tantos anos? — ela me pergunta seguidamente.

— Não sei.

Como não sei como consegui continuar amando Luísa depois da semana em que tivemos Paulo como hóspede ou depois do seu aniversário, quando ficou claro que ela tinha um amante e esse amante tinha ido à festa.

— Por que você insiste em trazer seus homens para casa? — perguntei naquela noite, quando ficamos sozinhos.

— Você fez muito mal em não ter se casado com Ana Maria, muito mal... — Luísa respondeu, repetindo um refrão que acompanhou nossa vida conjugal.

Depois daquela festa, Luísa se transformou numa sombra infeliz e se apagou para qualquer plateia. Negligenciou a casa e a filha, deixando as empregadas atarantadas, já que elas só funcionavam sob seu comando. Às vezes não havia sequer o que comer, pois as compras, sua responsabilidade, simplesmente deixaram de ser feitas.

E descuidou da aparência. Dia após dia, usava o mesmo jeans encardido e manchado de tinta, vestia qualquer camisa, ainda que estivesse esgarçada ou faltando um botão.

— Luísa está tão feia — observava minha mãe.

— Minha filha está tão desleixada — estranhava dona Carmem.

Quando o divórcio foi comunicado, ninguém se admirou. Família e amigos só comentaram que ele tinha demorado muito para acontecer.

Entretanto, nos dois primeiros anos da separação, se Luísa tivesse esboçado o menor desejo de reatamento, eu voltaria a viver com ela, porque meu amor, apesar de tudo, ainda persistia, alheio a todas as razões.

Eu só percebi que tinha acabado naquele dia em que fui entregar nossa filha a Luísa no aeroporto e, ao olhar para ela, a vi como de fato era: uma senhora de meia-idade, com vincos profundos na testa e nos cantos da boca, dentes amarelados pela nicotina, vestida com uma extravagância pouco adequada à sua idade.

Naquela tarde, fui para o clube e nadei até a completa exaustão. Quando saí da piscina, limpo e relaxado, olhei para o céu e pensei: "Graças a Deus!".

VI
Palavras ao vento

4.12.1978
Para: Luísa
De: Marcel Francis
Ontem, enquanto degustava meu romeu e julieta no famoso restaurante Leão D'Olido, sito na av. São João, repentinamente lembrei-me de você e do tempo em que as circunstâncias nos aproximavam mais, a ponto de o perfume de seu corpo esguio muitas vezes permanecer no ar, depois que você se levantava, com um misterioso sorriso, da beira da minha mesa. Você voltava ao trabalho, eu acendia um cigarro com os dedos nervosos e ficava imaginando-a em muitos outros níveis e circunstâncias (esses níveis e circunstâncias, eu os omito. Ou melhor, deixo-os a seu bel-prazer).

E, à medida que meus dentes iam rasgando, no romeu e julieta, enormes vazios, vieram-me à memória todos os momentos que passamos juntos. Infelizmente não muitos fora daqui, e jamais num barzinho acolhedor, como seria mister, caso houvesse (e me lembro: havia) intenção e desejo de ir mais longe, mais fundo, numa relação que (em pequeninos nadas, num olhar cruzado, num semicerrar de pálpebras) se afigurava envolta por uma nuvem de erotismo.

Depois, de certo modo, a vida nos separou.

Eis por que, ao fim da sobremesa, paga a conta, um cigarro aceso, o olhar perdido na fumaça, decidi escrever usando o pseudônimo em homenagem a dois homens que muito você aprecia. De um o nome, de outro o sobrenome. Você sabe a quem tomei emprestado um e outro. De resto, o passado não conta mais e o futuro ainda não chegou. Daqui por diante, depende de você a configuração, a qualidade, o estilo. Um beijo (por enquanto terno) de MF.

7.12.1978
Para: Luísa
De: Marcel Francis
Após esperar três dias por sua resposta, você se digna e me pede pistas. Temerosa, se esquiva e deseja saber quem sou. No entanto, constroem-se Marienbads a cada dia, Pasárgadas cinco estrelas e paus de arara emocionais. Sobre o passado?

O passado é a escolha do passado e, como toda escolha, despreza uns elementos e enfeita outros. Então, resta perguntar:

"Foi isso que vivi?" Foi mesmo? E a ilusão, o medo, o feijão e o sonho, o gesto esboçado, o que poderia ter sido e não foi?

Constrói-se um passado como quem constrói um elefante. Com parcos recursos. E amanhã se recomeça. E é por isso (eu sinto muito) que as pistas estão aí. Não se esquive. Você sabe quem sou.

11.12.1978
Para: Luísa
De: Marcel Francis
Infelizmente, você não entendeu nada da minha última carta. A intenção — é certo que há distância entre intenção e gesto — era pegar um dos pontos básicos de sua primeira resposta e fazer um poema. E, se você quer saber, não era tão mau. Mas qual foi a sua resposta? Evasiva. Foi uma cartinha agradável de ler, mas eu havia escrito um poema, sabe?

14.12.1978
Para: Luísa
De: Marcel Francis
"Depende de você a configuração, a qualidade, o estilo", eu disse. Além de duvidar do meu sexo, faz referências ao meu pretenso passado de rumbeira. Não, eu não sou a terceira banana à esquerda em *Voando para o Rio*, nem nunca fiz parte do *chorus line* da orquestra de Perez Prado. Também não iniciei minhas atividades na zona do Canal, nem fui íntima de Fulgêncio Batista ou qualquer outro *caudillo* das cercanias. O máximo que cometi foram alguns merengues nas Bahamas. Mas continuo tímido, como requer meu lado Marcel.

Eu propus Marienbad, e você veio de pornochanchada centro-americana! Ou seja, minhas cartas foram, no máximo, um pretexto para você me agredir nos seus termos, no seu ritmo, nos seus tiques.

Quanto à sua cabeça — a única coisa que você afirma ter que possa me interessar —, não seja ingênua! Você acha que eu ia escrever estas cartas só para ter a sua cabeça? Esta deixo para seu anjo da guarda. Não sou tão espiritual assim.

Eu quero a Lua. E a tua.

Beijos (menos ternos) do seu MF.

16.12.1978
Para: Luísa
De: Marcel Francis
Não se engane. Quero o efêmero, o vulgar. Não me ofereça, pois, a sua castidade! Por Júpiter! Dai-me a castidade, mas não já, dizia santo Agostinho, entre uma trepada e outra. E, se bem me lembro, nossa relação nunca foi tão assexuada assim.

Você quer são Paulo, eu quero Sade. Entre um e outro deve haver um meio-termo interessante.

Beijo erótico-lascivo do seu MF.

19.12.1978
Para: Luísa
De: Marcel Francis
Por que não respondeu à minha última carta? Terei sido afoito demais? Exacerbei? Choquei? Ou há outro missivista a bordo?

21.12.78
Para: Luísa
De: Marcel Francis
Amanhã haverá uma festinha na redação. Por favor, não me negue uma contradança.

VII
Carnê de baile
(Save me the Waltz)

1.12.1978
Para: Luísa
De: Fitzgerald
Ontem, ouvindo "Night and Day", mais uma vez me lembrei de você. E pedi ao nosso amigo Cole que compusesse uma canção em sua homenagem. Ele está momentaneamente impossibilitado. É uma pena que meus recursos musicais sejam tão escassos. Resta-me a dança para tê-la em meus braços.
    Fitzgerald

1.12.1978
Para: Zelda
De: Fitzgerald
Que alegria tua rápida resposta (em todos os sentidos). Sim, façamos suave a nossa noite, Zelda. E também façamos suaves nossos dias entregando-nos a esta (que promete ser deliciosa) literatura epistolar. *Save me the Waltz* na festa de Natal.

4.12.1978
Para: Zelda
De: Fitzgerald
Que fazer, se como tu também sou um tanto temeroso de revelar vontades, desejos, sentimentos, ainda que sejam os assim chamados nobres?
    Damos muitas voltas para dizer coisas que se poderiam resumir em frases curtas. Claro, há um sentido lúdico em tudo isso, algo que faz deste "amigo-secreto" uma coisa refinada. Mas quanto tempo se perde, não, Zelda? Bem melhor seria se elaborássemos estes exercícios de erudição em lugares apropriados e macios. Espero que não te ofendas com a sugestão.

6.12.1978
Para: Zelda
De: Fitzgerald
Ontem passei o dia inteiro fora, por isso não pude te escrever. Não compreendo tua agressão e as ameaças de suicídio, caso eu interrompa esta "correspondência histórica". Correspondência histórica, que eu saiba, foi a travada, ainda que de um lado só, pelo escriba Pero Vaz. Quanto a acabar com a tua vida, por favor! Com ela vai a alma que a move, a mente que a conduz e minhas esperanças de um dia possuí-la.
    P.S.: Percebo que há outro te escrevendo e estou enfurecido. Quero e exijo exclusividade.

8.12.1978
Para: Zelda
De: Fitzgerald
Nesta sexta, penso nos dois dias que ficarei sem tuas agradáveis missivas e uma ligeira tristeza me percorre. Gostaria, se fosse possível, que ainda hoje me escrevesses, para que possa suportar melhor tua ausência.

P.S.: Por que desejas saber sobre o meu casamento? Dizes que faço blague. Absolutamente. Só faço blague com o que vale a pena.

11.12.1978
Para: Zelda
De: Fitzgerald
Noto uma coisa nesta nossa (ilustrativa para mim) correspondência: tua sapiência. E lamento não ser tão ilustrado quanto tu, o Amorim e alguns de nossos colegas, como Raul, que até livros já escreveram e publicaram. Queixas-te de minha pressa, mas estou sendo tão paciente. As primícias são fundamentais, concordo, mas até quando continuaremos nesta batalha de flores em início de primavera? Quanto às minhas insônias que me ouviste comentar, são verdadeiras. Não as tens? Nenhum gênio escapa imune delas. É o preço da inquietação, e são os inquietos que movem o mundo. Porque eu sou um gênio apesar de não ter publicado nenhum livro de contos. Falando nisso, já te ocorreu que esta é a única redação de São Paulo que não tem nenhum contista mineiro? Precisamos conversar com Rogério para que ele sane essa deplorável lacuna.

13.12.1978
Para: Zelda
De: Fitzgerald
Muito me dói que não dês a mínima atenção à minha vida. Queixas-te de que não te escrevo mais amiúde. Ora, se tivesses prestado atenção ao movimento da minha editoria, na segunda-feira, terias percebido que Rogério me impingiu uma viagem para Brasília na terça. Mas tu não olhas nunca em minha direção. Limitas-te a um mero relancear.

À noite, quando retornei, já havias partido e me vi engolfado numa massacrante reunião com o chefe para discutir obviedades. E assim fomos até altas horas. Bem andarias se desses mais atenção aos clamores dos simples. Mas começo a entrever em tuas cartas o gosto um pouco cínico de se divertir com minhas desventuras.

Então insistes em que faço do casamento uma imagem sinistra! Conheces por acaso o meu? Tiveste oportunidade de ver a "patroa"?

E me sugeres que faça análise! Com que dinheiro? Ou acaso sabes de algum analista filiado ao INPS?

Falas de Freud, de Jung, mas que sei eu da ciência que estuda os tormentos d'alma? Apenas os vivo.

Só fazes tirar-me o fôlego. Sim. Olha para trás e me verás, trôpego, tentando acompanhar-te. Não desisto apenas porque não te quero ver sumir do horizonte dos sonhos que desenho. A muito custo, segue-te, já disse, capenga e esperançoso, meu coração.

15.12.78
Para: Zelda
De: Fitzgerald

Não posso aceitar que consideres teu trabalho mais do que a mim. Se não me responderes, lançarei mão de todo tipo de insensatez cometida até nossos dias pelos maiores expoentes da cultura universal. Mandar-te-ei, como castigo, um poema de J. G. de Araújo Jorge. Anexo, seguirá um capítulo de *O direito de nascer*. Se te obstinares, partirei para uma ilha no Pacífico, onde me entregarei às nativas. Depois, como Van Gogh, cortarei minha orelha e a mandarei a ti pelo *colis postaux*. Finalmente, no auge do delírio, convidarei Roberto Campos para te recitar, em latim, a última bula de Gregório VII.

Como vês, de quase tudo sou capaz! Não me prives, pois, da alegria de umas mal traçadas.

Teu F.

18.12.1978
Para: Zelda
De: Fitzgerald
Hoje pela manhã recolhi seu bilhetinho que você diz ter escrito na própria sexta, comovida com o meu desespero. Como manifestar minha gratidão? Quanto à "deliciosa correspondência", na verdade ela não passa de uma muletinha delicada para fazer nosso cotidiano mais amável. E, mesmo sabendo disso (maldita consciência), prosseguimos. Pelo menos nesta fase de folguedos natalinos, podemos empreender esse tipo de catarse. Sempre achei o Natal muito mais divertido que o Carnaval.

Mas, minha cara, não vamos, como Balzac, brincar de amigo-secreto durante trinta anos (ou você acha que esta empresa está dando garantia de emprego a longo prazo?).

Quanto à adversidade de nosso destino, devo concordar com você. Podemos ser tudo, menos timoneiros do nosso barco. Tragados pela moira, impelidos (e impedidos) pelas circunstâncias, não passamos de pequenos títeres com efêmeras impressões de onipotência e, definitivamente, no limite da sobrevivência.

No aguardo da aproximação total, seu F.

P.S.: Se tiver tempo, me escreva ainda hoje. Repito: sinto a ausência de suas palavras.

18.12.1978
Para: Zelda
De: Fitzgerald
O relógio da Paulista informa que são 22h34. Tão tarde, dirá você. Sim, mas jamais para escrever a Zelda.

Vocação para a desgraça, diz você!

Que fazer, se venho de uma família desgraçada há várias gerações!? Quer saber uma das histórias do clã? Aí vai uma do lado paterno. Vovó, em seus tempos juvenis, era bela, dotada de alma inquieta e artística. Tornou-se bailarina, não muito célebre na arte da dança, ao que se saiba, porém célebre em artes milenares. O certo é que, em sua época, percorria alguns salões e teatros movimentados do Velho Mundo. Foi num deles que vovô, filho de família razoavelmente bem-posta, se tomou de amores pela perdida. Tal união, contudo, jamais foi aceita pelos meus bisavós, cultores da moral e dos bons costumes. E assim o casal, em meio a folguedos, alegria e amor, se abalou para promissoras terras brasileiras. Teriam vivido felizes durante algum tempo, mas eis que um belo dia vovô acabou sabendo, para ele uma triste verdade, que resumo em fria frase: ela o traía com o melhor amigo.

Vovô ensimesmou-se, passou a beber, tornou-se casmurro e em seguida desvairado. Deu um tiro no coração e teve um enterro sem muita pompa. Gostava de pantufas e tinha um par de "estimação", que as filhas, pressurosas, resolveram lhe calçar, para que o acompanhassem no Além. Eu era menino, mas jamais me esqueci da imagem daqueles chinelos apontando a prumo para o céu, puídos, sobressaindo entre os cravos e as dálias do caixão. Ali estava sintetizada toda a tragédia da vida conjugal. Mas basta de reflexões óbvias e de recordações funerofilosóficas. Falando nisso, o preto lhe assenta muito bem.

Seu F.

19.12.1978
Para: Zelda
De: Fitzgerald

Relendo sua carta me senti em êxtase como Teresa D'Avila diante do Senhor. E lamento que o Natal silencie nosso colóquio e outra vez viva apenas pressionado pelas imposições do dia a dia. Com o feriado prolongado, não me restará senão pensar em você e animar a esperança de que no próximo Natal esta correspondência talvez recomece. Por meio dela estarei buscando o tempo perdido. Proust, mais esperto, descobriu a literatura para reencontrá-lo.

Mas espero (e prefiro) não perdê-lo. Está em suas mãos. Não frustre, por favor, minhas esperanças, que não são as do próximo Natal, mas as deste que se aproxima. Sexta-feira haverá a tradicional festinha. Estou inteiramente voltado para o que ali poderá acontecer. Enfim revelados (não para nós, que sabemos da identidade de cada um), poderemos nos olhar. E o resto... reserve-me a valsa e o que você quiser.

19.12.1978
Para: Zelda
De: Fitzgerald
23h15. Escrevo-te de afogadilho. As hordas inimigas se aproximam na forma de linhas a preencher em tempo exíguo. Em minha trincheira, suas cartas são o único lenitivo de quem vai sucumbir em meio a este fogo cerrado e tolo.
　Na rêfrega (ou refrega?) do cotidiano, iludo-me com suas promessas. Você se mostra ardente (ou será pura irrisão?). Repito: estou mergulhado em trabalho e não posso lamentavelmente alongar-me.
　Com a promessa de uma missiva mais derramada, despeço-me esperando que se cumpra aquilo com que você acena: a colisão. Colidamos, Zelda, colidamos, e que seja no máximo na sexta-feira, ou morrerei.
　Beijos do teu exausto F.

20.12.1978
Para: Zelda
De: Fitzgerald
Mil perdões novamente, por não me estender o quanto deveria e desejo. O trabalho aqui se tornou uma voragem que nos leva a todos à paranoia. Consola-nos saber que a prosperidade da empresa um dia será a nossa. Não quero que você pense ter eu cogitado de trair sua confiança (e esperanças)

por não ter escrito mais torrencialmente. Ainda com a sua ameaça de se lançar nos braços de outro, eu, na solenidade ampla desse nosso (breve) encontro, juro que jamais trairei você. Não creia, porém, que um dia não a venha atacar pelas costas. Mas isso, caríssima, não é propriamente uma traição.

Acabava eu de pôr tais ponderações no papel, e eis que você passa por mim diáfana e perfumada. Até quando essa espera?
    Seu para sempre F.
    P.S.: Morro de ciúme do Raul.

21.12.1978
Para: Zelda
De: Fitzgerald

Você me acena com promessas de surpresa, e eu imagino que trama algo contra mim. Sou tímido, acredite, e me sinto pessimamente diante de qualquer situação constrangedora.

Tem-me ocorrido, por exemplo, que eu haja levado esta correspondência muito a sério e você apenas esteja se divertindo. Não só você, mas seus amigos, inclusive Rogério e sua dedicada Nair, que me olha cúmplice a cada bilhetinho que deposito na caixa.

Eu, que abrigo esperanças de seriedade e discrição, posso quebrar a cara amanhã, pois há sempre o risco de você rir ou dizer "Eu só estava brincando!", ou simplesmente nem ficar para a festa. Em qualquer hipótese, reduziria a nada tudo o que tem sido a razão (única) de minha vida. Desculpe o drama e a desconfiança (improcedente). É que é bom demais para ser verdade. Por tudo isso, não posso manter-me calmo. Espero não decepcionar, e o que quer que aconteça, afinal, terá valido a pena. *Alea jacta est.*

Queria alongar-me e confessar meus temores, mas a noite avança e me vejo dividido entre expor minha alma e ir para casa tentar dormir e relaxar. A sonhada colisão está próxima, e, ao contrário de você, não costumo tomar tranquilizantes.

Nesse meio-tempo, tentarei evitar a obsessão de sua imagem. Tentarei também (em vão) me acalmar. Como bem ensinou o Messias no Sermão da Montanha: "Não vos inquieteis com o dia de amanhã, pois o amanhã terá suas próprias inquietações. A cada dia basta sua pena". A minha é esperar por você.

Gloria in excelsis.

Em tempo: sou péssimo dançarino.
F.

VIII
Laços de ternura

2.9.1975
Para: Luísa
De: Rogério
Desculpe incomodá-la com questões de somenos, mas o patrão tem reclamado quase diariamente dos palavrões (em altos brados) de seu assistente, o Chicão. Na semana passada estava recebendo uma delegação de senhoras de deputados da Arena quando um caralho ecoou pelo prédio, rompeu as paredes das divisórias e deixou as damas em questão rubras de vergonha.

8.9.1975
Para: Luísa
De: Rogério
Não basta substituir caralho por cascalho. O problema continua sendo o volume.

7.11.1975
Para: Luísa
De: Chicão
A Sílvia e eu gostaríamos que você fosse a madrinha do nosso casamento. Não vá pensar que a gente só está convidando por causa do presente. Qualquer marca de geladeira está bem pra nós.

31.8.1976
Para: Luísa
De: Amorim
Você e Nair foram as únicas pessoas que ontem se lembraram do meu aniversário. Fiquei tão comovido que levei o caso para o analista. Não tenho palavras para agradecer o retrato que você fez de mim. Não sabia que você era tão boa figurativista. Já mandei colocar na moldura. Preta, como você sugeriu. Estou mandando junto com este bilhete uma velha edição de Alexandre Herculano. Espero que não torça o nariz diante de um clássico português. Com a minha gratidão.

14.3.1977
Para: Luísa
De: Chicão
É o seguinte, chefe. Tou escrevendo porque fica mais fácil pra mim. Vou sair da empresa. Me convidaram para ser o chefe de arte numa revista de sacanagem e... adivinha. O salário não é essas coisas, mas o cargo vale a pena. Vê se usa tua influência com o "filósofo do asfalto" e faz ele me demitir. A Sílvia está grávida e o FGTS ia quebrar um galho.

23.3.1977
Para: Luísa
De: Chicão
As flores são minhas, da Sílvia e do garoto. Você foi uma mãe pra mim.

12.7.1977
Para: Luísa
De: Nair
Você foi maravilhosa comigo ontem. Obrigada pelo apoio.

25.10.1977
Para: Luísa
De: Torres
A propósito de sua amiga (aliás, nossa) Marga. Você não convence absolutamente no papel de defensora dos fracos e oprimidos. Prefiro você breve e cáustica. E tenho dito. O resto deixo para outro dia mais frio e chuvoso.

26.10.1977
Para: Luísa
De: Torres
Não disse que não respeitava Marga. Não respeito o tipo de jornalismo que ela faz. É muito diferente. Você diz que a gente não faz nada e pelo menos ela tenta. O quê?
    Este papo já está qualquer coisa.

3.11.1977
Para: Luísa
De: Nair
Como falei com você, ele voltou a adiar o casamento. O Jairo não toma jeito, mas que se há de fazer? De uma coisa ele sabe: só dou pra ele casada.
    Obrigada mais uma vez pelo apoio moral.

8.11.1977
Para: Luísa
De: Torres
De uma vez por todas: minha bronca em relação à Marga é contra o amadorismo. Diferenças profissionais. Pessoalmente a gente se entende muito bem (no cerne da questão).

15.11.1977
Para: Luísa
De: Amorim
Não me leve a mal se não compro mais o jornal de sua amiga, mas faz sete anos (ou mais) que a gente não faz outra coisa senão patrocinar os desvarios do regime. (Ou deveria dizer as consequências dos?)
    Não é nada, não é nada, mas são trinta cruzeiros por mês esse jornal da Marga. Aí você soma com cinquenta para a subscrição do passaporte do Boal (aliás, que raio de passaporte caro é esse?). Mais cem para o fundo de greve de fome de Itamaracá (contribuição essa mesmo muito estranha). Mais quinhentos de ajuda às famílias dos presos, mais a assinatura do *Movimento*, uma lista aqui, outra ali, e dá mais de um salário mínimo!
    Não está nada fácil sustentar as vítimas da ditadura!

16.11.1977
Para: Luísa
De: Marga
Sou uma mulher que vive sozinha mas não sou uma mulher só, pois existem pessoas como você que me ajudam e defendem.

4.4.1978
Para: Luísa
De: Torres
Marga disse que vai ter carta branca nessa revista de fotonovelas e estava muito animada com o fato de poder falar a um número de mulheres que o jornal jamais sonhou atingir. Como amiga, você deveria lhe contar as verdades da vida. Se ela quer mesmo manter o emprego, vai ter que esquecer os delírios feministas por uns tempos. Marga tem quase quarenta anos, não sei quantos de jornalismo e continua acreditando em imprensa livre?

6.4.1978
Para: Luísa
De: Marga
Não vá pensar que tenho alguma pretensão em fazer da revista o órgão do partido feminista revolucionário. Só estou precisando de dinheiro e conheço bem as regras do jogo. E, se você quer a minha opinião, fotonovela é um negócio mais honesto que essa merda de revista em que você trabalha.

3.5.1978
Para: Luísa
De: Amorim
Mando-lhe este exemplar do *Biotônico*. Examinei-o atentamente antes de submetê-lo à sua alta consideração e concluí que, definitivamente, não se fazem mais almanaques como no tempo do Jeca Tatu. Você me disse que Décio disse que a sua Lua está em capricórnio. Isso é muito grave?

15.5.1978
Para: Luísa
De: Marga
Levei você para ver a greve do ABC com alguma esperança de que descobrisse um mundo maior e mais vivo que Bruges. Os trabalhadores em ebulição e você apenas achou "interessante". Acorda, alma cansada! Você não tem o direito de ser assim!

21.5.1978
Para: Luísa
De: Nair
Parabéns a você, nesta data querida! Tudo de bom!
    Gostou das flores que o seu Rogério deu para você? Eu que falei para ele que você gostava de margaridas. Não

satisfeito, ainda mandou rosas vermelhas. Se não segurasse o chefe, ele acabava comprando toda a floricultura.

7.8.1978
Para: Luísa
De: Marga
Você pensou bem na frase que disse ao Mário ontem à noite? "Vou chorar para mostrar a você que no fundo, no fundo, sou muito humana." Ele só tinha sugerido que seria de boa educação vocês irem à casa da irmã dele. Era aniversário da moça, Luísa!
Controle sua língua e seu veneno. Mário não tem nada a ver com as diferenças entre você e sua cunhada. E não entendi a frase. Juro por Deus que não!

20.11.1978
Queridíssima,
Estou enviando a você o convite para a exposição de um grande amigo. Trata-se de uma bela pessoa. Em vários sentidos. É mineiro, arquiteto e curte muito o teu trabalho. Ia levar pessoalmente, mas tenho que sair ventando para o dentista.
Saudades imorredouras. Beijosssss. Décio.

P.S.: Falei com aquele *marchand* que tem a melhor galeria dos Jardins e ele diz que basta você fixar uma data para a exposição. Comece, pois, a trabalhar. Acho junho um mês ótimo. E você?

30.11.1978
Para: Luísa
De: Rogério
A vida se me parece incompreensível quando penso que apenas uma divisória nos separa, e tanto mais quando

considero que essa distância, mensurável em metros, afigura-se intransponível quando escuto suas gargalhadas.

Mantenho, porém, ao alcance dos olhos e dos dedos, o esplêndido daguerreótipo que, em boa hora, mandei o Borges tirar de você. Somente a sua (dele) presença silente em minha alcova torna-me o fado e a sina mais suportáveis nesta maldita cidade.

Já disse a você que, quando me aposentar, vou morar na praia?

3.1.1979
Para: Luísa
De: Marga
A vida é sua, mas pelo amor de Deus pare de torturar o pobre Rogério. Ele não merece. O que você está fazendo com ele é sacanagem. E eu já estou de saco cheio de ver você sacanear gente que não merece. Leia-se Rogério e Mário. Cria juízo. Seja piedosa. Um puxão de orelhas.

3.1.1979
Para: Luísa
De: Raul
Mando alguns poemas de minha amiga, sobretudo os que tanto empolgaram você. O nome dela é Sílvia Simas. Juro que não é pseudônimo.

Aposto que o que você vai gostar mais é daquele em que ela diz "faço pouco do amor". Você está linda. Te adoro. Cruzei com *seu* amigo Décio no Réveillon. Estávamos em Paraty, que fazer? Ele disse que você vai expor em junho. Por que eu sempre sou o último a saber?

A propósito, ele está muito besta desde que ingressou nesse tal de mercado de arte. Dá mais dinheiro que a literatura. É isso.

4.1.1979
Para: Luísa
De: Sérgio
Dearest
    Passei pela redação e logo parti desconsolado porque ainda não tinhas chegado. Estou indo para o Rio para entrevistar o presidente do BNDE. Deve ser conspiração do Rogério para me manter longe daqui.
    Se hoje não te vi — ainda que em sonho certamente te verei, ó sombra inseparável do meu espírito vagante —, amanhã te verei. (REZE PARA O AVIÃO NÃO CAIR.)
    Os dias afinal se sucedem e não estamos mortos. Por enquanto.

17.1.1979
Para: Luísa
De: Amorim
Como diria Camões, que do pouco que tenho e que para mim é tudo, não te doeu quanto me pedes?
    Mas houve um contratempo: no momento o livro que tal efeito — ainda que manifestamente tão retardado — causou em você está emprestado e, aliás, já deveria ter retornado.
    Estou intrigado com o interesse súbito das pessoas da redação por Florbela Espanca. Primeiro o Rogério, depois Sérgio (QUE ME GARANTIU QUE SEGUNDA ME DEVOLVERIA). Nesse meio-tempo, por que não tenta Rousseau? Estou absolutamente fascinado por esse R. que leio na maturidade (ou deveria dizer senilidade?). No seminário, ele não tinha tanta graça.

12.2.1979
Para: Luísa
De: Rogério
Eu sou um velho, Luísa, mas não tão velho que possa sublimar meu amor dedicando-me aos netos ou animais de estimação.

3.4.1979
Para: Luísa
De: Raul
Que tal organizar um baile do *Abajur lilás* em homenagem ao Rogério?

10.4.1979
Para: Luísa
De: Marga
Às vezes acho o Mário tão indiferente a ser destruído por você que isso o torna praticamente indestrutível.

18.5.1979
Para: Luísa
De: Sérgio
Rogério está irritadíssimo com a possibilidade de a greve estourar. Sabe o que ele acabou de me dizer? Que o fato de pertencer ao CCRR não me garante imunidade.

21.5.1979
Para: Luísa
De: Raul
Desculpe encher seu saco no dia de seu *birthday*, mas acho uma puta cagada esse negócio de greve. Não se esqueça de que estamos discutindo antecipação, e não aumento. Será que é

a melhor hora para medir forças com os patrões? Ai, que cansaço, estar me preocupando com isso...
    P.S.: Então resolveu assim de improviso dar uma festa? Pensei que este ano fosse passar em brancas nuvens. Por que a mudança de planos? Você está muito tensa para uma aniversariante.

22.5.1979
Para: Luísa
De: Rogério
Bom dia
    (Ao fundo, ruídos de mastigação de *Apfelstrudel*, sorvo em chávenas, um violino e um piano executam, razoavelmente, "Tardes silenciosas de Lindoia". Talvez fosse mais adequado Tommy Dorsey, não sei.)
    Ontem fiquei pensando em lhe dar conselhos. Acho que você não teria gostado nem um pouco. Hoje, menos redentor da humanidade, continuo inquieto com seu comportamento na festa. Tratava-se do seu aniversário e supostamente devia ser uma data feliz. Não foi. Por quê? Não quer responder, não responda. Sempre resta a alternativa de dinamitar a Ilha de Manhattan e fazer de conta que não está acontecendo nada. Fique tranquila, por favor. Você é mais bonitinha quando está calma. Depois eu te amo. Beijos.

22.5.1979
Para: Luísa
De: Rogério
O patrão comentou que está mesmo precisando de uma greve para reduzir o pessoal. Ele quer a lista dos grevistas para o expurgo. Pode passar a informação adiante. Não é confidencial.

29.5.1979
Para: Luísa
De: Marga
Traí a confiança e a boa vontade da empresa, veja você! Eles tinham fechado os olhos aos meus antecedentes, era justo que eu retribuísse. Como se entre capital e trabalho pudesse haver boa vontade!

4.6.1979
Para: Luísa
De: Raul
Transcrevo alguns versos de um poema de Sara Teasdale (1884-1933) do qual lhe falei ontem e que, em seu momento, poderá ser útil.

> *Let it be forgotten for ever and ever*
> *Time is a kind friend, he will make us old*[*]

É isso, minha amiga. O tempo é um amigo gentil porque nos tornará velhos. Que seja doce nosso esquecimento das coisas dolorosas. A velhice nos espreita. Ela tem suas vantagens.

---

[*] Em tradução livre, "Que seja esquecido por todo o sempre/ O tempo é um amigo gentil porque nos tornará velhos", do poema "Let It Be Forgotten" [Que seja esquecido], da poeta estadunidense Sara Teasdale (1884-1933). [N.E.]

IX
Noite e dia

1979

JANEIRO

3 – quarta
Pois embora hoje eu te tenha perto/ eu acho graça do meu pensamento a conduzir o nosso amor discreto.

5 – sexta
FECHAMENTO

6 – sábado
FIM DE SEMANA EM UBATUBA

8 – segunda
Comprar uniforme babá

9 – terça
S. ontem: minha mulher é do tipo que chora. "As crianças quase não veem mais você: POR QUE NO FIM DE SEMANA VOCÊ NÃO LEVA OS MENINOS NO ZOOLÓGICO?" No zoológico! É assim que ela fala.

11 – quinta
Pagar tapeceiro
Fazer supermercado

12 – sexta
"E se acontecer de desorganizar de vez a vida, a calma? Devoro mais um morango e me lambuzo de tédio." (Sílvia Simas)

13 – sábado
Jantar casal Marcondes

14 – domingo
Almoço casa pais? Mário

15 – segunda
Sejamos discretos, pedi. Mas como ocultar o que é transparente?

17 – quarta
Eu te proponho nós nos amarmos, nos entregarmos.

18 – quinta
Guisado de coelho: temperar, fritar, acrescentar tomilho e louro.
1 c. vinho branco, tampar, d. cozinhar, colocar cheiro-verde no momento de servir.

19 – sexta
FECHAMENTO

20 – sábado
FIM DE SEMANA EM BÚZIOS

22 – segunda
Repor peças aparelho / jantar

23 – terça
S. ontem: no fundo a gente acaba orientando nossas escolhas com uma certa sabedoria. Eu casando com aquela santa e você com um cara que adora veados.

24 – quarta
Dedetização

25 – quinta
Contato com galeria

26 – sexta
Jantar casa Maurício / Teresa

27 – sábado
Bota-fora de Caíto / Márcia casa Luís Fernando

28 – domingo
Jantar Túlio / Fernanda - Casserole
(Tomara que ela não leve a irmã e o cunhado)

29 – segunda
Palestra com artista gráfico americano

30 – terça
S. ontem: Por que você acha que eu gosto tanto de ir ao Sindicato? Amor às causas trabalhistas? Porque na minha casa não consigo ocupar nem o banheiro. Eles começam a bater à porta primeiro por ordem de idade, depois por ordem alfabética. "Papi, quero fazer xixi", "papi, quero fazer cocô". Papi, é claro, é criação da minha mulher. Ela acha isso muito fino.

31 – quarta
Ligar para técnico máquina de lavar

FEVEREIRO

1 – quinta
O que será que será, o que não tem decência nem nunca terá, o que não tem censura nem nunca terá, o que não faz sentido.

2 – sexta
FECHAMENTO

3 – sábado
Jantar Eliana / Dora / respectivos — Cà'D'Oro

4 – domingo
Churrasco sítio Beto / Marília
Noite: teatro Marga / Raul

5 – segunda
Renovar toalhas / banho
Presente filho / zelador

6 – terça
S. ontem: você tem ideia da gama de subtextos contidos na frase "jantei no Cà'D'Oro"? O principal é recolha-se à sua insignificante condição social, seu verme!
(Meu Deus!)

7 – quarta
Cocktail com Mário, Clube Nacional

8 – quinta
Você precisa aprender o que eu sei e o que eu não sei mais.

9 – sexta
Aniversário Raul

10 – sábado
Feijoada casa Maurício / Teresa

11 – domingo
Levar Mariana Simba Safári

12 – segunda
Por que ele não foi para a Legião Estrangeira depois do primeiro encontro? Teria sido perfeito: um homem que me dava o maravilhoso e ia embora, sem tempo para me magoar.

13 – terça
Supermercado

14 – quarta
Marcar hora pediatra Mariana

15 – quinta
Fico mansa, amanso a dor.

16 – sexta
FECHAMENTO

17 – sábado
Aniversário Marcondes

18 – domingo
Almoço casa mamãe

19 – segunda
Tente passar pelo que estou passando, tente me amar como estou te amando.

20 – terça
Levar Mariana pediatra

21 - quarta
Todos os dias tenho que vê-lo. Todos os dias me entrego à sua maldição.

22 - quinta
Casamento filho / patrão Mário

23 - sexta
Jantar casa Caíto / Márcia

24 - sábado
Avenida Danças com turma

25 - domingo
Almoço sítio Beto / Marília

26 - segunda
8h30 - Reunião escola Mariana

28 - quarta
Insistir com pediatra Mariana inapetente

MARÇO

1 - quinta
Graças a Deus!

2 - sexta
FECHAMENTO

3 - sábado
Jantar Luís Fernando / Beth

4 - domingo
Cinema Raul

5 - segunda
Queria que S. dissesse: foi penoso meu fim de semana.

6 - terça
Ginecologista

7 - quarta
Olho o relógio iluminado, anúncios luminosos, luzes da cidade / Estrelas no céu, e me queimo num fogo louco de paixão.

8 - quinta
Ligar marceneiro orçamento / estante
SUPERMERCADO

9 - sexta
Festa casa Dora / Edson

10 - sábado
Jantar Suzana / Gui Cà'D'Oro
(ontem na festa, por alguns instantes consegui esquecê-lo)

11 - segunda
S. para Amorim: parei de escrever no dia em que percebi que seria no máximo um poeta mínimo.

13 - terça
Ontem foi aniversário da mulher de S. Ele só me disse quando estávamos saindo do m. Passava das onze. Me senti muito mal. Ajudei-o a comprar flores na av. Dr. A. Rosas vermelhas. Voltei para casa pacificada.

14 - quarta
Dentista
Trocar mangueira / aspirador

15 - quinta
Vernissage Sarita

16 - sexta
FECHAMENTO

17 - sábado
Jantar com americanos. Comprar gelo. Encomendar musse.
Passar butique pegar vestido.

18 - domingo
Raul / Marga para lanchar

19 - segunda
Mais uma vez minha alegria, meus humores estão nas mãos de alguém. Não, não vou outorgar a ele esse poder.

20 - terça
Ah, que esse cara tem me consumido / A mim e a tudo o que eu quis.

21 - quarta
Providenciar aluguel talheres / pratos / copos
Pedir 2 garçons / 1 aj. de cozinha p/ jantar sexta

22 - quinta
Estou repetindo a mesma história de angústia vivida com P. Civilizadamente.

23 - sexta
Jantar Mário p/ árabes

24 - sábado
Jantar aniversário Túlio

25 – domingo
Levar mamãe teatro

26 – segunda
Que vergonha da minha ansiedade e da minha carência.

27 – terça
Eliane / Juca p/ jantar
Haddock receita normal e acrescentar o m. bechamel 1 cál. vinho do Porto antes de ir ao forno.

28 – quarta
Ligar ginec. perguntar / DIU

29 – quinta
Meu olhar vara, vasculha a madrugada.

30 – sexta
FECHAMENTO

31 – sábado
Festinha Mariana
11h30 pegar bolo, brigadeiros, salgadinhos

ABRIL

1 – domingo
Escreva no quadro em palavras gigantes / Baby, te amo, só sei que te amo.
(Depois diga: 1º de abril)

2 – segunda
A cada fim de semana reinvento a cena de reencontro dizendo a mim mesma: nesta segunda vai ser diferente. Mas nunca é. S. nunca diz as frases que eu imaginei.

3 – terça
Dentista
5h30 - Ginecologista p/ colocar DIU

4 – quarta
Concerto c/ Suzana / Gui

5 – quinta
Almoço c/ Décio

6 – sexta
Berro por seu berro / Pelo seu erro / Quero que você ganhe / Que você me apanhe.

7 – sábado
Festa aniversário Marília

8 – domingo
Se não posso estar com S., mantenho-o no meu pensamento o tempo todo.

9 – segunda
Pelo amor de Deus, diga qualquer coisa bonita!

10 – terça
Dentista
Supermercado

11 – quarta
Vernissage Tadeu

12 – quinta
No amor a tortura está por um triz.

13 – sexta
FECHAMENTO

14 – sábado
Jantar Dora / Edson, Eliana / Juca, Maurício / Tereza - Casserole

15 – domingo
Almoço casa sogros
Noite: teatro c/ Décio

16 – segunda
Eu fico com essa dor, ou essa dor tem que morrer.

17 – terça
Levar mamãe médico

18 – quarta
Provid. nova faxineira

19 – quinta
Cinema Marga / Raul

20 – sexta
Gallery c/ casal Marcondes

21 – sábado
FIM DE SEMANA GUARUJÁ C/ SUZANA / GUI

22 – domingo
23h - Que vontade de ligar para S., surpreendê-lo nesta noite de domingo, marcar um encontro, fazer uma loucura.

23 – segunda
Chega de tentar dissimular, e disfarçar, e esconder, o que não dá mais pra ocultar.

24 – terça
Comprar antirreumático p/ mamãe

25 – quarta
Festa casa Luiz Fernando / Beth

26 – quinta
Sim, eu vou a muitas festas, mas a vida sem S. é apenas um pedaço de angústia.

27 – sexta
FECHAMENTO

28 – sábado
Teatro Suzana / Gui

29 – domingo
Cinema c/ Marga / Raul

30 – segunda
"E porque foram tão raros e escassos os delírios / talvez esta ansiedade / esta dor aguda / esta insônia, o suspirar entrecortado / a voz rouca e ao mesmo tempo fina." (Sílvia Simas)

MAIO

1 – terça
Almoço c/ Décio e artista mineiro

2 – quarta
Comprar vitamina Mariana

3 – quinta
S. ontem: e se eu disser que estou apaixonado? que diferença isso vai fazer?

4 – sexta
Jantar casa Beto / Marília

5 – sábado
Fondue casa Marcondes

6 – domingo
Levar mamãe ao concerto

7 – segunda
Ocultamos excessos, sufocamos a vontade de nos expor sem reticências e o que acabamos exibindo um ao outro é um arremedo de envolvimento, mesmo sabendo quanto isso nos faz mal.

8 – terça
Jantar Rodeio Caíto / Márcia

9 – quarta
Molho califórnia p/ salada de frutas: iogurte natural, 6 colheres sopa de geleia de laranja, 1 colher de Cointreau.

10 – quinta
Como suportar outra vez a dependência, a sujeição, a espera contínua de uma palavra ou de um gesto?

11 – sexta
FECHAMENTO

12 – sábado
Gallery c/ Dora / Edson, Maurício / Teresa

13 – domingo
DIA DAS MÃES

14 – segunda
A força do beijo, por mais que vadia / não sacia mais.

15 – terça
Jantar c/Décio e *marchand*

16 – quarta
Pedir secretária / Mário despachar convites exposição
Entregar Nair convites p/ redação.

17 – quinta
Desconsiderado. Foi assim que S. se sentiu quando Nair distribuiu os convites, o dele no bolo, sem nenhuma diferença, nenhum privilégio, "como se a nossa relação não tivesse a menor importância".
Três meses atrás desancou minha carreira, mas ainda acha que pelo menos merecia a consideração de receber o convite de minhas mãos.
(!!!)

18 – sexta
Queijos & vinhos casa Eliana / Juca

19 – sábado
Não quero sair para lugar nenhum.

20 – domingo
Há um mês S. me pediu que passasse a noite de meu aniversário com ele. Amanhã provavelmente ele vai esquecer com a desculpa de que não liga para datas babacas.

21 – segunda
Some day he'll come along / the man I love
Feliz aniversário. Saudade do tempo em que isso era verdade. Tanto tempo, meu Deus, tanto tempo...

22 – terça
Que grande catástrofe esta paixão.

23 – quarta
Louca de amor e de dor.

24 – quinta
Nem a morte me parece uma alternativa.

25 – sexta
Haveria um fechamento se não estivéssemos em greve. Rogério na redação, há quantas horas?

26 – sábado
É tão terrível esse sentimento de não pertencer mais a nada, de não querer nada.

27 – domingo
Não tenho mais lugar em lugar nenhum.

28 – segunda
Solto o ódio, mato o amor.

29 – terça
E continuamos, continuamos.

30 – quarta
Já foi o tempo em que eu cantava "Explode coração".

31 – quinta
Eu sei que esses detalhes vão sumir na longa estrada, no tempo que transforma todo amor em quase nada.

JUNHO

1 – sexta
Mário finalmente. Ambos libertos.

2 – sábado
O dia inteiro trancada no ateliê.

3 – domingo
Noite. Soçobro.

4 – segunda
Vou me vestir de luto e vou sofrer uma grande, uma enorme tristeza por essa perda, mas um dia, ao acordar, vou perceber que S. não ocupa mais meus pensamentos.

5 – terça
Abundantemente breu, abundantemente fel.

Sobre a autora

Maria Adelaide Amaral nasceu em 1942 na vila de Alfena, região metropolitana do Porto, Portugal, e mudou-se aos doze anos para São Paulo, onde mora desde então. Formou-se em Jornalismo e trabalhou na Editora Abril entre 1970 e 1986.
 Sua carreira na dramaturgia teve início em 1975, com a peça *A resistência*. Nos anos seguintes, escreveu *Bodas de papel* (1978), *Ó abre-alas* (1983), *De braços abertos* (1984) e *Querida mamãe* (1994), todas premiadas com o Prêmio Molière. É autora de mais de vinte peças teatrais. Já consagrada no teatro, publicou em 1986 seu primeiro romance, *Luísa (quase uma história de amor)*, que lhe rendeu o Jabuti de Melhor Obra de Ficção de 1987. Escreveu também os romances *Aos meus amigos* (1992), *O bruxo* (2000) e *Estrela nua* (2003), além de diversos outros títulos, como *Dercy de cabo a rabo* (1994), *Intensa magia* (1996), *Coração solitário* (1997), *Mademoiselle Chanel* (2004) e *Tarsila* (2004).
 Entrou na TV Globo em 1990 e logo passou a integrar o seleto time de autores da emissora. Adaptou para o formato de minissérie os romances *A muralha*, de Dinah Silveira de Queiroz (2000), *Os Maias*, de Eça de Queirós (2001), *A casa das sete mulheres*, de Letícia Wierzchowski (2003), e *Queridos amigos*, de sua autoria (2008). Também adaptou a biografia de Dercy Gonçalves, *Dercy de cabo a rabo*, e a minissérie recebeu o título de *Dercy de verdade* (2012). Trabalhou na TV Globo por 32 anos.
 Com dezenas de prêmios e uma obra rica e extensa, é membro da Academia Paulista de Letras desde 2019.

Sobre a concepção da capa

Uma vez que Luísa é construída aos leitores à medida que se conhecem suas relações sob o ponto de vista de outros cinco personagens, elegemos a colagem como a linguagem das ilustrações da capa. Acreditamos que tal estilo funciona como metáfora aos fragmentos de informações contidos nos relatos sobre a personagem-título.

Como técnica artística, a colagem remonta ao século XII, quando calígrafos japoneses incorporaram pedaços de papéis e tecidos para criar os fundos para seus trabalhos. No século XX, Pablo Picasso e Georges Braque levaram a colagem a outro nível. Em processos de decomposições e montagens, romperam com uma visão figurativa clássica e inauguraram um dos movimentos mais significativos da história da arte: o cubismo.

Nesta capa, a colagem digital experimenta a ruptura da narrativa linear e a reconstrução figurativa usando como base diversos elementos presentes na história: o casamento estagnado representado pela gaiola com que Sérgio presenteia Luísa em seu aniversário; as partes do corpo feminino simbolizando o fetichismo de Rogério; o ambiente da redação da revista incorporado na máquina de escrever e no cinzeiro lotado de cinzas e bitucas de cigarro; e a boemia tão característica da época configurada no copo de uísque.